光《ひかり》と影《かげ》の王《おう》 上　運命《うんめい》の代償《だいしょう》

水《みな》壬《み》楓《ふう》子《こ》

ILLUSTRATION：北沢《きたざわ》きょう

リシャール・エルティア・メイレイン（エリー）

フェルマスの世継ぎ。
ノーザンヒールに人質として滞在している皇子の一人。

フェルマス

ノーザンヒールの隣国で、リシャールの故国。旧同盟軍だが、
冷遇されている小国の一つ。

アーサー・アマディアス・ランドール

ノーザンヒール王国の第一皇子で、世継ぎの王太子。
正義感が強く、民に寄り添う優しさもあわせ持つ。

ノーザンヒール

ニアージュ地方のある王国の一つ。三十年前の戦いで勝利した
「同盟軍」の中心国で、現在もっとも勢力がある大国。

光と影の王[上] 運命の代償

LYNX ROMANCE

CONTENTS

光と影の王[上] 運命の代償

真っ赤な夕陽《ゆうひ》の中、粗末な馬車に揺られて。

あの日、叶《かな》うはずのない夢を見た——。

プロローグ

それは真夜中というより、すでに明け方に近い時刻だったのだろう。

濁《にご》った水面《みなも》から何かに引っ張り上げられるように、ふっとアーサーは目を覚ましていた。わんわんと虫が鳴るように、どこか遠くの方が騒がしい。

なんだ…？　と思いながら身体《からだ》を起こし、しかし寝ぼけているせいか、状況がすぐには把握できない。それでも窓の外はまだ暗い闇の底で、到底目覚める時刻でないのはわかる。

厚い扉越しにも、くぐもった物音が響いていた。

バタバタと走りまわる乱れた足音。男たちの怒号と、女たちの悲鳴。

さすがにただ事ではない気配に、アーサーはようやく意識をはっきりとさせ、急いでベッドから起き上がった。

と、ほとんど同時に、前触れもなく破るように乱暴にドアが開かれ、男が一人、飛びこんでくる。

「アーサー！　無事かっ？」

暗闇の中、すぐには顔が見えず、ハッと一瞬、身体を強《こわ》ばらせて身構えたが、それは聞き慣れた声だった。

「レイモン…？　何があった？」

血相を変えた呼びかけに、アーサーは鋭く尋ねた。

「わからん。だが敵襲だ…！」

おたがいの顔はまともに見えなかったが、アーサーの声に無事は確認したのだろう、レイモンがいつになく緊張した、と同時に困惑したような声を上げた。

「敵襲……？」

実際、アーサーにも意味がわからなかった。いったいどこの「敵」なのか。

ようやく闇に慣れ始めた目に、近づいてくる友人の顔が映る。

「まさか…？」

うかがうようにつぶやいたアーサーに、レイモンが激しく首を振った。

「いや、違うっ。まだ誰も動いてはいない。そのはずだ」

いつになく真剣な、引きつった表情からしても、嘘《うそ》ではないのだろう。

予想外の事態なのだ。

とっさに剣をとり、アーサーは部屋の外へ走り出しながら叫んだ。

「レイモン、頼むっ。おまえはルースと妹たちのもとへ行ってくれ！　すぐに城外へ脱出させろ！」

「アーサーっ？　おまえはっ？」

「父上と……、シャールの様子を見てくる！」

答えると同時に走り出した。

広い王宮内では使用人たちが散り散りになって逃げ惑い、廊下や庭は相当な混乱状態だ。

その流れに逆行するように、アーサーは奥へと向かった。

途中で何人か、衛兵たちが血を流して倒れている姿を見かけ、思わず息を呑《の》む。だんだんと廊下に伏しているその人数が多くなり、ザッ…と鳥肌が立つ。

心臓の鼓動が激しくなり、血の匂いがむっと身体を押し包んだ。

——敵襲。

その意味を身体で認識する。

さすがに兵士たちは、異変が起きた際、まず王のまわりを固めようとしたのだろう。

だが人の生きている気配はなく、ただひやりと乾いた空気が肌をすべり落ちる。すべての人間が死に絶えているような、そんな恐怖に襲われる。

「——父上…っ！」

それでも気持ちを奮い立たせ、アーサーは勢いのまま父王の寝所に飛びこんだ。

が、まとわりつくような闇が迫るばかりで、人の気配はない。寝た跡の残る寝台も空になっている。

すでに逃れたか…、と少しホッとしつつ、父の部屋を飛び出すと、さらに奥にあるリシャールの部屋へと急ぐ。

「シャール……！」

だが扉をたたき壊す勢いで飛びこんだ先はやはり真っ暗で、同様に人のいる様子はなかった。

こちらは寝た跡もない。その事実に、わずかに唇を噛《か》む。

それでも、無事に逃げていればいいが…、と願いながら、アーサーは用心深くあたりの気配を探った。

遠く夜気を縫うように悲鳴や怒号、多くの乱れた足音が聞こえてくるが、厚い石の壁を隔ててずいぶんと遠い。王宮でも奥深いこのあたりにはもともと王族しか暮らしていなかったので、いたとすれば警備の兵くらいだったのだろう。

アーサー自身、ひとまず安全なところへ逃げた方がいいのか、とも考えたが、しかし敵の姿も、目的もわからないままだ。それでは正直、この先、動きようがない。そもそも逃げるということ自体、気に入らなかった。

敵の正体と目的。それを突き止める必要がある。

――いったい何者が…、どうやって？　こんな王宮の奥まで侵入したのか。

想像もつかず、しかしふと、皮肉な気持ちにもなった。

――敵、か……。

ことによったら、自分が逆賊になっていたところなのだ。

おそらくはあと数日もしたら。

そんなタイミングでのこの異変に、妙な胸騒ぎがする。

アーサーは暗闇の中、人の気配が途絶えた王宮の奥を用心深く進んでいった。と、ふいに前方から明かりのこぼれている扉を見つけ、そっと近づく。

その重厚な扉は広間へと続いている。玉座の間だ。王宮の中でもっとも広く格式のある場所で、段を上がった中央に玉座が設《しつら》えられ、正式な謁見や儀式などに使われる。

しかしその広間がこんな夜中に、明かりがついていること自体、不自然だった。宴席に使われるような場所でもない。

アーサーは足を忍ばせて近づくと、なかば開いていた扉からそっと中をのぞきこんだ。

瞬間、ひどくまぶしく、目が眩《くら》むようで立ちすくんでしまう。

大きな広間にもかかわらず、部屋中、まばゆいばかりに蠟燭《ろうそく》の明かりが灯《とも》されていた。

それでもようやく慣れた目に、正面の玉座の前に男が一人、すらりと立っている姿が映った。

――リシャールだ。

無事だったか…、と、思わずホッと、アーサーは安堵《あんど》の息をつく。

なぜこんな時間、こんな状況でこんなところにいるのか、などと考える余裕もなく。

「シャール…！」

しかし中へ大きく足を踏み入れた瞬間、広間にいた他の、数人の視線がいっせいに、刺すように自分に向けられたのを感じ、ハッと身構えた。

「アーサー」

そしてゆっくりと、静かに上がったリシャールの灰色の瞳が、まっすぐにアーサーを見つめてきた――。

第一章

1

建物の角を折れたところで一気に視界が開け、広い庭が目の前に広がった。

二階の自室から回廊へ出て、裏の厩舎《きゅうしゃ》の方へ向かう途中だ。

アーサーは無意識に身体を伸ばし、その中央にある東屋《あずまや》を目をすがめて確かめる。

木立を透かして、中に人影が見えた。距離があり、ここからでははっきりと顔が確認できるわけではなかったが、雰囲気からすると間違いない。

淡い金色の髪が風に吹かれて光を弾いている。肩を覆《おお》うほどに長いその髪を押さえるようにして、白い手が上がったのがわかる。

本を読んでいるようだった。……いつもと同じように。

アーサーは弾むように石段を下りると、庭へ足を踏み入れた。

春の陽射しがやわらかく降り注ぎ、庭木も色鮮やかな花をつけて、吹き抜ける風も心地よい。

アーサーが物心ついた頃からずっと、この季節にはリシャールは、よくここで読書にいそしんでいた。

習慣になっているのだろう。さほど広くもなく、王宮の裏になるこの庭には、人が来ることも少ないのだ。

まわりこむようにして、アーサーはリシャールの斜め後ろから近づいた。

端整な横顔がわずかにうつむき、真剣な眼差《まなざ》しが文字を追っている。

足音を忍ばせ、東屋の短い石段をそっと上がると、リシャールの足下にうずくまっていた犬の白い耳がピクッと立った。

いたのか、とハッとして、まっすぐにこちらを見た純粋な黒い瞳に、アーサーはあわててシーッと口元に指を立てる。

が、すでに遅かった。

わんっ！　とうれしそうに一声吠《ほ》えると、身体を起こした勢いのままベンチを跳び越え、大きな犬がアーサーに飛びかかってきたのだ。

リシャールの愛犬であるスクルドは、もともと去年アーサーが遠乗りの際に立ち寄った農場で生まれたばかりの子犬をもらってきたものだ。めずらしく欲しがったリシャールに譲ったのである。一緒に世話をしていたこともあって、アーサーにもよく懐いていた。

雑種だろうが、足の長いすらりとした身体つきの狩猟犬だ。長毛ではないが、淡く灰色がかったきれいな毛並みで、リシャールと並ぶと優美な雰囲気がある。

まだ一歳足らず。しかしすでに成犬に近い体格だ。

よける間もなく、うおっ、と声を上げ、それでもなんとかアーサーは抱えこむようにしてスクルドを受け止めた。

「アーサー」

わずかに青みがかった灰色の瞳が、さすがに驚いたように大きく見開かれる。

「何をやってるんだ？」

そしてため息とともにあきれたように言って、ようやくはしゃぐスクルドに「伏せ」を命じておとなしくさせたアーサーを眺めてきた。

「いや…、別に脅かそうとしたわけじゃないんだが」

ちょっと咳払《せきばら》いをして、アーサーは言い訳じみたことを口にする。

実際に驚かせるつもりはなかったが、……まあ、なんとなく忍びよっていたことは確かだ。

ほんの子供の頃は、イタズラするみたいにちょっかいを出して、取り澄ましたようなリシャールの表情が変わるのを見るのがおもしろかった。だが最近は、なんとなく横顔を眺めてしまっていることが多い。

いつの間にか、美しく成長した幼友達を。

いや、昔からきれいな容姿だったが、このところ急に大人っぽく、というのか、色気を増したような気がする。無邪気な、清潔感のある美しさから、こう…、どこか含みのある、それでいて洗練された雰囲気、というのだろうか。

「それでおまえが驚かされたわけか」

「失敗したな…。こいつがいたとは」

ちらっと笑うように言われ、アーサーは渋い顔で、こら、とスクルドをにらむようにすると、スクルドがくぅん…、と困ったように鳴いた。

「まぁ、仕方がないか。おまえのご主人様はエリーだからな」

アーサーは苦笑しつつ、スクルドの頭をガシガシと撫《な》でてやる。

リシャールの正式な名は、リシャール・エルティア・メイレインという。

アーサーも人前では、リシャール、もしくは、シャールと呼ぶことが多かったが、二人だけの時には、エリーと呼ぶこともあった。ほんの小さな頃、そう呼んでいた名残りだ。

自分だけの呼び名のようで、アーサーとしては気に入っていたのだが、……やはり立場上、リシャールだけを「特別」にすることもできない。

「これから馬か？」

肩をすくめ、ちらっと微笑《ほほえ》んで、リシャールが尋ねてくる。

どうしてわかったのか、と一瞬、驚き、しかしアーサーが片腕に挟んでいたのが乗馬用の手袋だと目敏《めざと》くチェックしていたらしい。

頭もよく、回転も速い男だ。

ああ、とうなずいて返し、あ、と思いつく。

「そうだ。ひさしぶりにどうだ、おまえも一緒に？」

なかば勢いこむようにして誘った。

以前はよく、リシャールと二人で遠乗りなどにも出かけていた。もっと幼い頃には、こっそりと王宮を抜け出して街へ遊びに出るようなこともあったのだ。

もちろん立場上、自分もふらふらと身軽に外へ出ていい身分ではなかったが、「客」であるリシャールを外へ連れ出すことなど、本来許されるはずもなかった。しかしそこは、子供の無邪気さと無鉄砲さだ。

「いや、私はいいよ。これは特別にお借りしている本だから、今日中に読んでしまいたいしね」

しかし考慮する様子もなくさらりと断られ、アーサーはちょっとため息をついてしまった。無意識に指が右目の下にある浅黒い傷痕《きずあと》を撫でる。クセのようなものだ。

「そうか…」

ちらっと、横目でリシャールの表情を探りながらつぶやいたものの、正直、このところ付き合いが悪い、と思う。

昔は本当に毎日、なんでも一緒にしていたものだ。語学や歴史の勉強をはじめ、音楽やらマナーやら遠乗りなども。

だがここ一、二年、何かに誘ってもシャールが乗ってくるようなことはほとんどなく、どこか距離ができたようなもの足りなさがあった。

まあ、成長するにつれ、アーサーは武術や馬術など身体を動かすことにおもしろさを覚えていたし、リシャールの方は本に向き合うことの方に興味があったようだから、ある意味、仕方がないとは言える。

それだけに、アーサーとしてはできるだけ一緒にいる時間を持ちたいと思っていたし、スクルドの世話をしている時には、ひさしぶりに一緒にいられる時間が増えてうれしかったのだが。

　リシャールは何気ないようにしなやかな腕を伸ばして、足下でうずくまっていたスクルドの頭を撫で、さらりと続けた。

「代わりにスクルドを連れていってやってくれないか？　たまには広い場所を自由に駆《か》けまわりたいだろうから」

　スクルドは基本的に放し飼いにされているのだが、リシャールが王宮の外へ出ることはほとんどなく、大型犬が自由に遊ぶには、手入れされた庭や王宮内ではやはり制約があるのだろう。

「ああ…、わかった」

　アーサーは、それでも失望を隠してうなずいた。

　スクルドは言いつけ通りおとなしく身を伏せて、しかし視線だけは好奇心いっぱいに、まるで二人の会話を聞いているみたいに、アーサーとリシャールを交互に見比べていたが、アーサーが、来い、と合図すると、しっぽを振って勢いよく立ち上がった。

「じゃあ…、またあとでな」

　そう声をかけたアーサーに、リシャールが、ああ、と穏やかに微笑んで返す。

　行くぞ、というアーサーの声に応えて軽快に石段を下りていたスクルドがふと立ち止まり、心配そうにちらっとリシャールを振り返った。

　スクルドにしてみれば、リシャールの番犬だという意識があるのだろう。

「行っておいで」

　リシャールがそれに軽くうなずくようにして、声をかけると、わんっ、と一声応えてから、アーサーのあとについてきた。

「最近、おまえのご主人は付き合いが悪いぞ」

裏庭を突っ切って歩きながらアーサーは手を伸ばし、スクルドの首のあたりを撫でながらちょっと愚痴《ぐち》った。

それにスクルドが、何か言いたげにちろっと見上げてくる。自分のせいじゃない、と言い返したいのかもしれない。

厩舎の方へまわりながら、アーサーはふっと肩越しに未練たらしく東屋を振り返った。すでに木々にまぎれて、ほとんど見えなかったが。

初めてアーサーがリシャールと会ったのが、あの場所だった。

正式に、まわりから紹介される前だ。

初めて見る顔だな、と思った。きれいな子だな、とも。

そして、また新しい客か——、と。

その当時、すでに数人の「客」が、ここノーザンヒールの王宮には滞在していたのだ。アーサーより二つ三つ年上の子供が多かっただろうか。

彼らと同じく、リシャールがどこかの王族だということは一目でわかった。

立ち居振る舞いにしても、表情にしても、やはり同じように王族として生まれ育ったせいか、雰囲気を肌で感じることができる。

ほんの子供でも、磨かれた気品とプライドとが他の者たちとを分けていた。

十三年も昔。おたがいに五つの時だ。

『迷子になってるのか？』

初めて来た王宮だ。無理もない。

ちらっとからかうように尋ねたアーサーに、リシャールは傲然《ごうぜん》と答えたものだ。

『散歩をしていただけだ』

と。

『来いよ。俺の馬、見せてやるから』

子供心にも、リシャールのそんな言葉を信じてはいなかったが、それでもその頃、アーサーは自分の馬をもらったばかりで、誰かに自慢したかったこともあり、こっち、とリシャールの手をとって、厩舎まで連れていった。そして結局、そのあと探しに来た侍従《じじゅう》に広間まで連れもどされたのだ。

その時になってようやく、リシャールはアーサーがこの国の世継ぎの皇子だと知ってびっくりしていたようだった。

もっともリシャール自身、――アーサーの読み通り――国境を接する隣国の一つ、フェルマスの皇子だったわけだが。

にやっと笑ったアーサーに、リシャールはムッとしたようににらみ返してきた。

そんな気の強さは、おそらく本質的には変わっていないはずだ。

王室の農場へ遊びにいって、泥だらけになったり、家畜にイタズラをしたり。他の子供たちが尻込みする中、高い岩の上から湖に飛びこんでみたり。

もともと好奇心も旺盛で、こっそりと外へ遊びにいくぞっ、と誘ったアーサーにも、しっかりついてきていた。

その頃はまだ、おたがいの立場も状況も、はっきりとはわかってはいなかった。

まるで兄弟のように、と言っていいのだろう、ともに育ってきたのだ。

他の「客」も、状況は同じだったはずだが、やはり同い年だということもあったのか、リシャールは特別だった。

負けず嫌いで、芯《しん》は強い。自分と張り合おうとするところも気に入っていた。

フェルマスは同盟国の中でもかなりの小国で、他の国から来ていた皇子たちからは軽んじられるようなところがあったが、臆することなく、堂々と渡り合っていた。

何かの議論にしても、……時に低俗な嫌がらせを受けた時でも、他の皇子たちの方が年下のリシャールに言い負かされていることが多く、見ていて痛快だったものだ。

だが年月がたつにつれ、だんだんとリシャールはそんな尖《とが》った自分の一面を表に出さないようになっていった。

そう…、自分の立場、そしてアーサーの立場を理解するにしたがって――なのだろう。

あるいはそれを、成長した、と言うべきかもしれなかったが。

優雅さと優美さ。高い教養と知性。洗練された落ち着き。人前で感情を乱すことのない穏やかさ。

いずれ一国を背負う皇子としての誇りと責任。

代わりに、そんなものを身につけていた。

アーサーはそんなリシャールをちょっと淋《さび》しくも、まぶしいような思いで見つめていた。

幼友達とも言える、いい友人——。

だが明らかに立場が違うということを、成長とともにアーサー自身、否応なく知ることになった。

シャールたち「客」と称される近隣国の皇子たちは、「人質」——だったのだ。

一般にニアージュ地方と呼ばれるこの小国の乱立した北方の一帯が、かつて真っ二つに分かれて覇権を争ったことがあった。

高い山と大海に囲まれた一帯である。たやすく大陸の外敵が押しよせてくる地形ではなかったが、しかし各国が入り乱れ、敵味方が入れ替わるような内乱は十年たっても収まらず、その争いを外から見ていた列強が争うように侵略の準備を始めていた。

そんな脅威を受けて、近隣の王国をまとめ上げ、一方の同盟軍の先頭に立って戦ったのがアーサーの祖父だった。

あっという間に敵の連合軍を打ち破り、まさに侵攻を始めようとしていた外敵の足を止めた。実際に、外洋には何隻《せき》もの戦艦が隙《すき》を狙《ねら》うように押しよせていたらしい。

列強大国に蹂躙《じゅうりん》される寸前で北方を平定したノーザンヒールは一気に領土を拡大し、それまでドングリの背比べだった一帯の国々の中で、ひときわ強大な力を持つようになった。領土にしても、武力にしても、だ。

表向きは、今も近隣諸国とは対等な王家としての付き合いをしている。が、圧倒的な国力の差に、実質的に他の国々はノーザンヒールの属国と言ってよかった。

外敵からの防衛のため、と理由をつけてはことあるごとに協力金を要請し、さらに祖父は、各王家に対して世継ぎの皇子を結婚するまでの一定期間、ノーザンヒールに「留学」させることを慣例にしたのだ。

　つまり、体《てい》のいい人質である。

　同様にノーザンヒールの文化に触れさせて感化させる。さらには、力の差を見せつけて世継ぎの牙を抜く、というような意味合いもあったのかもしれない。

　アーサーの父、現王の代になって国力はますます増大し、その慣例も続いていた。

　実際に父のオーガスティンは、為政者としては辣腕《らつわん》だった。外交手腕も、そして内政においても。

　それだけに、家臣たちは相談相手というより単に下した命令を忠実に守ることだけを求められる官吏に過ぎず、ノーザンヒールの王はこの北方一帯での絶対君主だった。

　武勇の誉れ高く、どんな場においても揺るぎのない絶対の自信を持つ父に、幼い頃、アーサーは憧れていたし、……もちろん今でも、尊敬はしている。

　ただ自分を取り巻く環境を理解するにつれ、幼い子供を人質にとるようなやり方が正しいのか…、と疑問を感じることはあった。それが本当に必要なのか、と。

『我が国の国力の維持こそが、外敵から北方全域を守るために必要なことなのだ。何かあった場合、ノーザンヒールが先頭に立ち、同盟諸国の楯《たて》となって戦うためにな』

　そんな迷いを直接父にぶつけたこともあったが、そんなふうに諭されると反論は難しかった。アーサー自身は、戦いを知らずに育ったのだ。

そのことだけでなく、諸国に対してかなり高圧的な父のやり方に納得しているわけではない。が、第一皇子とはいえ絶対君主である父王に逆らうことはできず、アーサーとしては時を待つしかなかった。

自分の代になった時、少しずつ変えていけばいい。

そんなふうに思っていた。

そのためには、今、リシャールをはじめ、他国の皇子たちと友好な関係を築いておくのも無駄ではないはずだ。

将来は、もっと対等な立場で付き合っていけるように。

とはいえ、バランスをとるのが難しい問題でもあった。なめられて、逆に攻め入る隙を作るようではまずい。時間をかける必要があるのだろう。

他の皇子たちも、もちろん表向きは愛想よくアーサーとも友人付き合いをしていたが、やはり一線を引かれているような距離感を覚えていた。

アーサーに対してヘタなことは言えない。してはいけない。

そんな遠慮と――やはり、奥にくすぶるような淀《よど》んだ感情。自分たちが、自分の国が力で押さえこまれている、というやり場のない憤りだ。

はっきりとアーサーはそれを感じていた。

そしてそんな自分の思いを、リシャールにだけは話したこともあった。

自分が父の跡を継いだ時には、父とは違うやり方で国を治めていきたい、と。

人質をとるような慣例は取りやめ、そしてできれば戦争のあと、祖父が併合した、さらにはその後、父が献上させた領地をできるだけ返還するようにしたい——と。

リシャールはそれにじっと耳を傾けて、静かに微笑んで言った。

『おまえの治世になると、ずいぶんと変わるんだろうな』

そんな言葉が精いっぱいだったのだろう。うかつなことを口にすれば、現王への批判と受けとられかねない。

『だがもし留学の慣例がなければ、俺がおまえとこんなふうに気安く話すようなことはなかったんだろうけどな』

ポツリとつぶやくようにつけ足したアーサーに、リシャールはそうだな、と返してきただけだった。

実際、リシャールにとっては幼い頃に親兄弟から引き離されたつらい思い出なのだろう。だがこの慣例がなければ、自分たちはせいぜい数年に一度顔を合わせるか合わせないかというくらいで、儀礼的な挨拶《あいさつ》程度しかしなかったはずだ。

そう思うと、ちょっと複雑な気持ちにもなる。

それにしてもここ二年ほど、リシャールが急に自分との距離をとり始めたようなのが気にかかった。決して避けられているわけではなく、言動が変わったようでもないから、もしかすると気のせいなのかもしれなかったが。

あるいは……気持ち的な距離、なのか。

アーサーは無意識に、右目の下のあたりを撫でた。指先に深い傷痕が触れる。

考えこむ時のクセになっていて、気づいてハッと指を引いた。

やはり…、負い目を持たせてしまったのだろうか。

そんな苦い思いを飲み下す。

この傷は二年ほど前にできたものだ。

リシャールの故国から使節を迎えた時だった。リシャールの叔父にあたる男が、当時十二歳になるリシャールの妹を連れてきていた。

父は、各国の王家に「直系の子供が生まれたら、十二、三歳の年に挨拶に来させるように」という、事実上の命令を出していたのだ。

おそらくそれは、「人質」である皇子たちが結婚して帰国したあと、その子供が生まれるまで代わりの「人質」となる者を選ぶ意味と、そして自分の子供たちの配偶者としてどうか、という品定めをする意味があるのだろう。

そのリシャールの妹姫が、ちょっと目を離した隙にテラスへ出て、庭へと続く大理石の階段の上にあったペガサスの彫像に興味を持ったらしい。

翼に触れようと大きく身体を伸ばしたところでバランスを崩し、そのまま手すりから落ちそうになった。いち早くそれに気づいたアーサーは飛びついて引きもどそうとしたのだが、結局、一緒に落下したのだ。

とっさにかばうようにして腕の中に頭を抱えこんだことが功を奏し、リシャールの妹姫に怪我《けが》はなくすんだ。

ただ落下途中で、木の枝がアーサーの顔に突き刺さったのだ。危うく失明するくらいに深かったらしく、その時は出血もかなりひどくて、ものすごい騒ぎになった。

ノーザンヒールの世継ぎに、失明しかねないほどの怪我を負わせたのだ。

気を失っていた妹姫は、意識を取りもどすと激しく動揺し、泣くばかりだったが、重臣たちは厳しく責任問題を口にした。

もちろんリシャールと叔父――フェルマス王家の、だ。

あせったアーサーは「自分が勝手にやったことだから」と強く主張し、責任を問うようなことではないと父に訴えた。

そのおかげか、父もあえて大げさにすることはなく、アーサーも顔に傷痕は残ったが、それも北方一帯を率いるノーザンヒールの世継ぎとして男気を示したと、賞賛されることになった。

いつになく神妙に、見舞いと礼と詫《わ》びに来たリシャールに、「たいしたことはないさ」とアーサーは笑ってみせた。

「おまえと同じキレイな顔に傷がつかなくてよかったよ。女の子だしな」

と。

兄妹だけあって、妹はリシャールと面差しのよく似た美しい少女だったのだ。

ありがとう、とリシャールは涙を隠すようにして、何度も言っていた。

だが考えてみれば、その頃あたりからだろうか。リシャールと少し、距離を感じるようになったのは。

もちろんリシャールの妹を助けられたことはうれしいし、よかったと思うが、決して恩を売ったつもりではなかった。だがリシャールにしてみれば、アーサーの顔を——傷を見るたび、責められているような気持ちになるのだろうか。

アーサーとしては、すでに気にもしていなかったし、女ではないのだ。この程度の傷はむしろ勲章と言ってよかった。

……とはいえ、リシャールの立場では気にするな、という方が無理なのかもしれない。

「どうするかな…」

そっと息をつき、アーサーはふと、軽快に横を歩くスクルドの頭を撫でた。

スクルドが少しでもリシャールの慰めになっていればいいのだが……。

そんなことを思いながら。

2

木々にまぎれるようにアーサーの後ろ姿が消えてから、リシャールはふぅ…、と長いため息をついた。

このところ、やはりアーサーと二人だけで話すのは緊張してしまう。

アーサーは常にまっすぐに人を見る。スクルドと同じ、純粋で、濁りのない眼差しだ。

それはアーサーのいいところなのだが、リシャールにしてみれば、少しばかり、それを平然と見つめ返すのに勇気がいる。

無意識に気を張っていたのだろう、ぐったりと疲れて背もたれに身体を預けた。

アーサーとは、少しずつ距離を置くつもりだった。

……いや。初めから自分たちの間にある距離は決まっていた。今さらに、それを守るだけだ。

それでも、こんな場所でこれ見よがしに本を読んでいること自体、未練だな…、と自嘲《じちょう》してしまう。

いつもの習慣のふりをして。それが習慣だとアーサーが知っていることを、リシャール自身、知っているのだから。

見かければ声をかけてくるだろうし、そうでなくとも、ここに探しに来てくれることもある。

アーサーとは五歳の時に初めて顔を合わせて以来、ずっと一緒に育ってきた。ほとんど毎日、顔を合わせて、一緒に遊んで。勉強もして。アーサーは昔から好奇心旺盛な、やんちゃな子供だったのだ。リシャールにしても負けず嫌いなところがあったせいか、わりとよく嚙《か》みついて、張り合っていたものだ。

とはいえ、生まれ持った体格に差もあって、十二、三歳になった頃には、すでに剣などでは敵《かな》わなくなっていたが。

そしてその頃には、自分たちの……おたがいの立場や環境についてもはっきりと理解をし始めていた。

言葉遣いにしても、本来ならリシャールがこんなふうに気安く口を利くことなど許されないのだろう。

それでも、アーサーが頑《かたく》なに態度を変えられることを嫌がった。

それはリシャールに対してだけというわけではなく、他の、リシャールと同様「人質」として暮らしていた子供たちにも、だったが。

そんな遠い日のことを思い出して、ちらっと口元で微笑む。

あの頃が一番楽しかったのだろう。自分たちを取り巻く複雑な事情など、深く考えてもいなかった頃。

おそらくは、自分の人生の中でもっとも幸せだった。

アーサーは大陸の北端にある一帯でもっとも勢力を持つ王国、ノーザンヒールの世継ぎだ。武勇に優れ、勇猛果敢なところはまさしく、ランドール王家の血を引いている。

現在のノーザンヒールは歴史上もっとも栄華を極めている時代にあり、この国の民にとって国王オーガスティンは富と繁栄をもたらした英雄だった。

実際に、自国の繁栄だけを考えるのであれば確かに名君であり、正しい治世なのかもしれない。

——支配する側から見れば、だが。

ノーザンヒールはかつての歴史的な争いに敗れた国々を半植民地化し、そこから富や労働力を吸い上げ、さらには自国ではなく、かつての同盟国から軍を出させてそれぞれの管理下に置く形で間接的に支配している。つまり、植民地化された国の人々の不満や憎しみは、直接軍が駐留している国へ向かうことになる。

そしてそこから搾取した富を各国へ配分することで、ノーザンヒールに対する不満を解消し、さらに自分たちより下に置かれた国の状況を見せることで、実質的に支配されているという事実から目をそらさせる。と同時に、こうなりたくなければ、という恐怖をも見せつけている。

狡猾《こうかつ》なやり方で……絶妙なバランス感覚だ。

リシャールもノーザンヒールの隣国であり、かつての同盟国であり、現在は実質的な属国の一つである、フェルマスの皇子だった。世継ぎである。

リシャールがここに来た時、すでに何人もの「人質」が、ノーザンヒールの王宮には滞在していた。みんな北方一帯の王家の子息たちだ。表向きは「客」として丁重に扱われており、子供たちは一緒に育ってきたようなところがあった。

とはいえ、アーサーはやはり「特別」だった。人質ではなく、次代の支配者なのだ。

年が若くても、誰よりも立場は強い。他の皇子たちの誰もが遠慮し、アーサーの言葉に逆らうことはできない。

それだけに甘やかされ、傲慢《ごうまん》に育ってもいいくらいだったが、アーサーはまわりから特別に扱われることに反発し、いらだち、その分よくまわりを見て思慮深く――そして強く、成長していた。

リシャールにとって、アーサーが次代の王であるということは希望であり、幸運だったのだろう。

その男とともに、一番近くで子供時代を過ごせたことも。

それが自分の未来を決めたのだから――。

※

※

「おまえは俺に何を望む？」

ふいにアーサーからそう聞かれたのは、夕暮れ時の荷馬車の上だった。

五年前――おたがいに十三歳の時だ。

飼い葉の藁《わら》がいっぱいに積まれた荷台に寝転がって、アーサーは夕陽赤くに色づいた空をじっと眺めていた。

あたりは薄暗くなり始めていたが、アーサーの顔にはいくつもの擦り傷が隠しようもなく刻まれ、目の下のあたりは青痣《あおあざ》になりかけている。さらには服にも、肩や袖口や、切り裂かれた痕跡がはっきりと残っていた。

むしろ、この程度ですんでいることがたいしたものなのかもしれない。

ついさっきまで、アーサーは王都の警備兵たちと乱闘騒ぎを起こしていたのだ。もちろん自分たちよりも軽く十歳程度は年上の男たち、しかも戦いを仕事にしている兵士たち相手に、だ。

発端は、しかし、リシャールだったのだろう。

この頃のアーサーは、隙を見ては頻繁《ひんぱん》に街へ遊びに出ていた。悪い遊びというわけではなく、むしろ街の様子を自分の目で見るために、だったのだろう。

そしてやはり同い年くらいの子供たちの日常の生活に興味があったようで、身分を隠し、わざわざ服を変えて、市場で日雇いの仕事に混じったり、街を歩いたりしていた。

実はもっと小さな頃——十歳くらいから、アーサーはちょこちょこと王宮を抜け出していて、街で友達や遊び仲間もたくさん作っていたようだ。もちろん、身分は明かしていなかったから、向こうは近郊の村から都へ荷物を運んできた農家の子供くらいに思っていたようだが。

リシャールもたまに引っ張られて、一緒に行くことがあった。

もう数年もそうして馴染《なじ》んでいたらしく、大人にも子供にも、アーサーはかなり顔が広かった。市場あたりでは気軽に荷物の上げ下ろしを手伝ったり、家畜の世話を手伝ったり、代わりに昼をご馳走《ちそう》になったり、果物や素朴な菓子をもらったりと、アーサーの身分など想像もしていないだろう、気安い付き合いだ。

庶民の暮らしではあるが、活気があり、街は生き生きとしていた。

そう、ノーザンヒールの国民の暮らしは、かなり豊かだったはずだ。

……ただ、目につかないところではやはり、ひずみができていた。

リシャールがそれを見かけたのは、通りかかった路地裏だった。

貧しい身なりの同い年くらいの少女が、すぐ横にあった店の主人だろう、男に殴られているところだった。

しかもそれを、二人の兵士がにやにやと眺めていたのだ。

「くそっ、兵隊さんたちの手をわずらわしやがってっ！　今さらどこへ逃げるつもりだったんだ、ええっ？」

どうやら逃げ出したところを、兵士たちが捕まえて引きずりもどした、ということらしい。

「おとなしくしろっ！　国へ帰ったところで食うもんもねぇっていうから、ここで働かせてやってんだろうがっ。おまえは売られてきてんだよ！」

娼館、だったのだろう。

男の言葉がリシャールの胸に刺さった。

どこの国の少女なのか。おそらく、先の戦争での敗戦国だ。

戦いに敗れた国々は、ノーザンヒールやその同盟各国に分割されるように併合され、本当にみじめな、搾取されるだけの状態になっている。

フェルマスは小国とはいえ、ノーザンヒールとは同盟国だったので、そこまで悲惨な状況にはなく、まだ国としての体裁を保っていた。

だが、いつ同じ状況になるかもわからない。ノーザンヒールに隣接している分、影響も大きく、今でさえ属国のような扱いなのだ。いや、王やこの国の人間にとっては、すでに自国の一地方といった感覚なのかもしれない。

少女の姿は、今の自分の姿に等しかった。

物理的に殴られることはなくても、支配されていることに変わりはない。

「やめろっ！　自分のしていることが恥ずかしくないのかっ、おまえは！」

たまらず、リシャールは飛び出してしまっていた。

「なんだ、てめぇは？」

強引に割って入り、男の腕から少女を引き剝《は》がしたリシャールを、主《あるじ》らしい男が形相を変えてにらみつけたかと思うと、襟《えり》首をひっつかんで壁にたたきつけるようにして突き飛ばした。

「自分の買ったモノをどうしようが、俺の勝手だろうがっ」

子供に言われたのが腹立たしかったのか、顔を真っ赤にして怒鳴る。

「またずいぶんと生意気なガキだなァ…」

「どこの出身だ？　キレイなツラ、してるじゃないか」

そんな騒ぎも余興なのか、見物していた兵士たちがおもしろそうに言って、壁際で倒れかかったリシャールの顎《あご》に手をかけた。

「おまえ、この国の人間なのか？　浮浪者なら俺たちが取り締まってやるぜ？」

「おお、そうだ。礼儀を教えてやろう。従属国の人間が俺たちノーザンヒールの人間に逆らうとどうなるのかをな……」

下卑《げび》た口調でいかにもいやらしく言うと、二人がかりでリシャールの身体を押さえつけた。残忍に、いたぶることを楽しむような眼差しがリシャールを見下ろし、片方の男の手が無造作にズボンを引きずり下ろそうとする。

「やめろ…っ」

一気に血の気が引くようで、リシャールは反射的に声を上げた。

「エリー！」

と、ほとんど同時にアーサーの叫びが耳に届き、ドスッ…と鈍い音とともに男の身体が吹っ飛んだ。走ってきたアーサーが、そのままの勢いで体当たりを食らわすようにして、のしかかっていた男の身体を弾き飛ばしたのだ。

「なっ…、きさま…、なんだっ？」

もう片方の兵士もあせったようにリシャールから離れ、油断なくアーサーに向き直る。

「都の警備兵というのは、ずいぶんと下劣なヤツらが多いんだな…」

リシャールを背中にかばうようにしながら、アーサーが相手をにらみつけ、低く言った。

実際、アーサーにしてみれば、誇り高くあるべき自国の兵が、という驚きも衝撃もあったのだろう。そして悔しく、苦々しい思いがあったはずだ。

「なんだと、ガキが…っ」

「偉そうな口をききやがって！」

男たちは声を荒らげると、アーサーに殴りかかった。

アーサーは素早く、男たちの腕をかいくぐるようにして避けていくが、大人相手に二対一だ。何度か、拳《こぶし》を顔や腹にまともに食らい、足を引っかけられて地面に転ぶ。

それでも捕まえられないことに、男たちはいらだっていた。

「くそっ！　すばしこいガキだっ」

憎々しげに叫んで、とうとう男が剣を抜いた。

呆然《ぼうぜん》と乱闘の様子を眺めていた店主の隙をつき、リシャールは少女の手を引いて物陰に逃れていたが、その光景に思わず目を見張った。

そしてとっさにあたりを見まわして、少し距離を置いたところでじっと腕組みをしたまま立っていた男を見つけると、たまらず声を上げる。

「大佐…っ」

大柄で、がっしりとした体格の男だ。いかにも武人といった風格がある。

その声に男がちらっとリシャールに視線を向け、しかしにやりと笑うと、軽くうなずいただけで視線をアーサーたちに向けた。

早く助けないとっ、というリシャールの思いはわかっているはずだが、動く様子はない。

どうしてっ？　と思いながら、あせって視線をもどすと、アーサーは剣を突きつけられて、しかし慎重にその切っ先を見つめていた。

荒い息を整えているのか、肩が大きく上下しているのがわかる。

「俺たちに刃向かってただですむと思うなよ…、クソガキが！」

憎々しげな声を上げ、男がアーサーに襲いかかる。武器も持たない子供にだ。

一瞬、息が止まり、全身の毛が逆立った。

しかしアーサーは寸前でよけ、勢いのまま男の体勢が崩れる。

「こいつ…っ！」

コケにされたように感じたのだろう。さらにもう片方の兵士も剣を抜き、アーサーに斬りかかっていく。

「——く…っ」

アーサーはタイミングを計って直前で体をかわし、次の瞬間、脇で剣を持つ男の腕を抱えこむようにすると、そのまま一気に体重をかけて男の身体を地面に押し倒した。

「ぐぅ…っ」

肘《ひじ》が鳩尾《みぞおち》に入ったのか、男が濁った声をもらし、力の抜けた腕からアーサーは剣をもぎ取った。

「タァァァ——ッ！」

そしてすかさず、もう一人の男に攻撃を仕掛ける。

「ふざけるなっ、ガキが！」

体格差もかなりあり、上から力任せに剣がたたきつけられた。さらに剣を奪われた男の方も、怒り狂ってアーサーの背中からつかみかかろうとする。

時折男の切っ先がアーサーの頬《ほお》や腕をかすめ、血がにじみ出しているのがわかる。かなりきわどい場面も多かった。

　リシャールは息をつめて、その戦いを見つめる。

　その頃には騒ぎを聞きつけたのか、野次馬が多く集まっていて、やはり大の大人二人が子供に手玉にとられているのが痛快なのか――あるいは、ふだんから横柄な警備兵がたたきのめされるのが愉快なのか、にぎやかな喝采《かっさい》が送られている。

　さすがに形勢の不利を悟ったのだろう。

「こ…このままですむと思うなよッ！」

　結局、それ以上、恥をさらすこともできず、男たちは愚にもつかない捨てゼリフを残して逃げていった。

　店主の方も居心地が悪くなったのか、そそくさと店の中へと引っこむ。

　ホッとしたようにボロボロになった身体を壁に預け、しかしアーサーは最後まで、自分の身分を口にすることはなかった。

　名乗っていれば、もっと簡単で、怪我を負うこともなかったはずだ。

　しかし正直、リシャールは驚きも大きかった。あれほど…、大人の兵士二人と渡り合えるほど、アーサーが剣技や体術を身につけていたとは思わなかった。

「悪くない戦いぶりだ」

　ようやくアーサーに近づいた大佐がうなずきながら言い、手を貸して立たせた。

それにアーサーも切れた唇から流れた血をこすりながら、ちょっとホッとしたように笑い返す。

どうやら、本当にいざという時まで手は出さない、という主義らしい。

マヌエル・シルベニウス大佐はアーサーの剣の師であり、「話のわかる男」だった。

アーサーが外へお忍びで出かける時、抜け出す手伝いをしてくれるのだ。荷馬車の手配をし、こうして保護者代わり——警護でもあるはずだ——に付き合ってくれる。

リシャールたちは助けた少女をとりあえず大佐の知り合いのもとへ預け、この日は王宮にもどった。

その帰り道、いつになくアーサーは無口だった。

傷が痛むのかな、とリシャールは心配していたのだが、ずっと何かを考えていたらしい。

「ひどいものだな…」

藁の積まれた馬車に揺られながら、隣で寝転がっていたアーサーが、ふいにポツリとつぶやいたのだ。

何のことか——は、リシャールにもわかる。

自分の怪我ではない。同い年の少女が売られているという事実。都を守るべき兵士たちの傲慢さ。

自分の膝元での出来事なだけに、アーサーにはやりきれない思いだったのだろう。その現実を、初めて目《ま》の当たりにしたのだ。

リシャールには何も言えなかった。

「おまえの国の人間も、あんな目に遭っているのか……?」

アーサーの問うような、自分につぶやくような声。固い、感情を必死に抑えようとしている声だった。

「そうだな…」

リシャールはそっと息を吐いて、小さく返す。

現実に、そうした境遇にある者もいるのだろう。

金。物資。兵力。労働力。

ノーザンヒールの要求は尽きることがなく、容赦なく、国を疲弊《ひへい》させている。

もちろん、それが目的なのだ。反旗を翻す力を削《そ》ぐための。飼い殺しだ。

あの少女一人を助けたからといって、根本的には何も変わらない。

「エリー、おまえは俺に何を望む？」

アーサー自身、それがわかっているのだろう。

何もできない自分自身に憤りと、もどかしさを感じているように、きつく唇を噛み、アーサーがまっすぐな眼差しで、息をつめるように尋ねてきた。

――どうしたらいい？　と、迷うように。

そんな言葉に、膝を抱えるようにしてしゃがみこんでいたリシャールは、赤い空を見上げたまま転がっていたアーサーをそっと見下ろす。

「おまえが…、標《しるべ》になればいい」

軽く唇をなめて静かに言ったリシャールに、ふっとアーサーの眼差しが向き直った。

その目を見つめて、リシャールは静かに続けた。

「おまえの信じる道を進み、……おまえが変えろ」

王となり、人々の前に立って。

アーサーなら、きっと変えられる。

父王や祖父とは違う道を見つけられるはずだった。

まっすぐに見つめたリシャールに、アーサーの目が次第に輝きを増し、表情がゆっくりと変わっていった。

大きな、何か……自信をいっぱいに吸いこんだような笑顔に。

「もっと…、俺は強くならないといけないんだな……」

そして静かに、つぶやくように口にしたかと思うと、ふいににやりと笑った。

ムクッと起き上がり、ぐっとリシャールの手をつかむ。

「俺だけにやらせる気か？」

ちょっと驚いて、わずかに目を瞬《まばた》き、しかしリシャールも小さく口元に笑みを浮かべる。

「おまえは大雑把なところも多いからな。おまえだけに任せておけるはずはないだろう？　ちゃんと手伝ってやるよ」

そんな言い草に、アーサーがチッ…、と舌を弾く。

しかし、その表情はまんざらでもなさそうだ。

無意識のように指先で自分の頬を撫で、思い出したように、いてっ…、と小さくうめく。

殴られた痕がだんだんと鮮やかな痣になり、腫《は》れ始めていた。

「おまえ…、その怪我をどう言い訳するつもりだ？」

「しばらく父上に会わなければいいだけさ」

わずかに眉をよせて言ったリシャールに、アーサーが顔をしかめてみせる。

とはいえ、近侍から報告が上がったのだろう。結局「脱走」はバレて、それからあと、アーサーはしばらく外へ抜け出すことができなくなっていた。

一人で行った――、としらばっくれたので、リシャールや大佐がとがめられることはなかったが。

しかし遊びに出る代わりに、その後アーサーはさらに武芸の腕を磨き、馬の鍛錬をし、この国の、そして周辺の国々の歴史を勉強するようになった。

この国に史実として伝えられている英雄伝だけでなく、実際に祖父の時代に戦った兵の話を聞き、田舎の領主や森を管理している者たちとも、遠乗りなどの際には気さくに話しかけて、いろいろと聞いているようだった。

あるいは、厩舎や農場で働いている者たちとも。この王宮のまわりでも、リシャールたちの目には入らない裏で下働きをしている者たちの中には、かつて戦に敗れた国々の人たちが、なかば奴隷のような扱いで働かされている。

リシャールも何度か、意見を求められたことがあった。

他の北方の国々は、ノーザンヒールに対してどんな立場をとっているのか。どんなスタンスを求めているのか。不満はないのか。

……とはいえ、リシャールの状況では、ノーザンヒールの王のやり方に批判的なことを口にはできなかったが。

もちろんアーサーがそれを父王に告げ口すると思っているわけではないが、リシャールにしてみれば常に見張られている立場でもある。どこに耳があるかわからない。

だがその時の約束を、リシャールはずっと覚えていた。

あの鮮やかな夕陽の色――飼い葉の匂いとともに。

「いつか…、おまえがこの国の王になった時、フェルマスはどこよりも忠誠を誓おう。武力に従うのではなく、おまえの意志にだ」

アーサーが王になったとしても、その道にどれだけの困難があるのかはリシャールにもわかっていた。利権を離したくない重臣たち、地方領主たちの抵抗。他の同盟国の思惑と駆け引き。そして、自国民の利益。

それでも、すべてをアーサーに託してみたかった。

それでしか、未来はない。

……遥《はる》かに遠く、自分の代でたどり着けるかわからない未来ではあったけれど。

「アーサー、これを……持っていてくれ」

そしてリシャールは、自分の右の薬指にはめていた銀の指輪をスッ…と外すと、アーサーの手に強く握らせた。

何かに突き動かされるように、ほとんど衝動的に、そうしたかった。

「これは……、――え、いいのか？」

その指輪を空にすかすように見て、アーサーがわずかに驚いたように聞き返す。

フェルマス王家の紋章が刻まれた指輪だ。この国へ来た時からずっとリシャールが身につけていたもので、フェルマスの皇子であるという証《あかし》とも言える。

「ノーザンヒールにではない。おまえに、預けたい」

故国の未来を。

決意を秘めて言ったリシャールに、指輪をぎゅっと手の中に握って、アーサーが晴れやかに笑った。

「大事にする。だが忠誠は必要ないさ。ただ、ともに歩んでくれればいい」

さらりと言われたその言葉に、胸が熱くなる。

そのまぶしいような笑顔をまともに見ることもできず、夕陽に照らされて表情がわからないのをいいことに、その時、リシャールは必死に感情をこらえて言った。

「わかった。フェルマスは決して…、おまえを裏切らない」

幼い約束だったのかもしれない。まだ未熟な、大人の世界を垣間見《かいまみ》ただけの子供たちが遠い理想を語るような。

それでもアーサーが将来、踏みにじられた国に、人々に、新しい道を示してくれるのであれば、自分は何を犠牲にしてもそれを助ける。

命をかけて——。

※　　※

「相変わらず、王太子殿下とは仲がいいようだな」

ふいに耳に届いたそんな声に、リシャールはハッと顔を上げた。

いつの間にか、東屋のすぐ手前まで来ていたのはカイル・ファンネルという男だった。

やはりリシャールとは同じ立場――「人質」としてノーザンヒールに滞在している他国の皇子の一人だ。

どうやら、さっきまでアーサーと話していたところを見ていたらしい。

「いや、王太子殿下とも、と言うべきかな」

わざわざ言い直したその意味ありげな口調に、リシャールはわずかに眉をよせた。

「どういう意味でしょう？」

「いや…、深い意味はないよ」

さらりと答えながらも曖昧《あいまい》な笑みを浮かべ、男がゆっくりと石段を上がって東屋に入ってきた。

リシャールたちより二つほど年上だっただろうか。少し癖《くせ》のある茶色の髪で、なかなかに見目はよく、物腰もやわらかい。あたりもよく、交友関係も広いようだったが、どこか酷薄な、腹の読めない感じがして、リシャールはあまり深い付き合いをしていなかった。

もっともノーザンヒールに「人質」としている皇子たちは、みんな多かれ少なかれ、おたがいに腹を探り合っている。

幼い頃に「留学」名目で集められ、監視されているのだ。洗脳、と言ってもいい。長じて国へ帰り、王となってからも決して「宗主国」であるノーザンヒールには牙を剝《む》かないように。

同じ境遇にある者としての馴れ合いというか、共感や理解はある。だが同時に、おたがいを監視し合っているとも言える。

将来——誰が敵になり、味方になるのか。

やはり微妙にそれぞれの国のスタンスは違い、ノーザンヒールに対しても強い者にすりよって故国の安全や繁栄を求めるのか、あるいは一定の距離を保つのか、それとも表向きは従順なふりでも反感を抱えているのか。

もちろん表面上、友人付き合いはあるが、何気ない会話の端々にそんな探り合いがあるのはわかっていた。

そう…、きっとアーサーには、そんな他の皇子たちの間での微妙な駆け引きなどわからないだろう。一緒に育ったとはいえ、皇子たちの中でアーサーだけは立場が違っている。

しかし、カイルの言い方には引っかかるところがあった。

何か勘づいているのか…？　と、ちょっとドキリとする。

カマをかけているだけなのか、……それとも。

リシャールはあせりを抑えてそっと息を吸いこんでから、穏やかに尋ねた。

「それで、何かご用でしょうか？　カイル」

「そうそう。ユリアナ皇女が探していたんだよ」

アーサーの妹の一人である。腹違いの、だが。

アーサーの生母である王妃はすでに亡く、それ以降、オーガスティンは正式な妻を迎えていなかった。それこそ必要ないから、だろう。あるいは将来、政治的に必要となった時のために空けているのかもしれない。

ただし愛妾《あいしょう》――公妾は何人かいて、アーサーにはそれぞれ母親の違う五つ年下の異母弟と、異母妹が三人いた。

ユリアナ皇女はアーサーのすぐ下の妹になり、今年、十五歳になるきれいな少女だ。その下の妹姫はまだ十歳と七歳で、アーサーも弟妹とは仲がよく、みんな昔からリシャールにも懐いてくれていた。

「そうですか。それはわざわざありがとうございます」

「まったくうらやましいな。あなたのその美貌《びぼう》は」

丁重に礼を言ったリシャールに、カイルがいかにもしみじみとした口調で言って、にやりと顎を撫でた。

長めの淡い金髪と、わずかに青みがかった灰色の瞳。すっきりと端整な顔立ちだったリシャールは、幼い頃から同年代の皇子たちにはからかわれたり、妬《ねた》まれたりということは多かった。まわりの大人たちからは可愛《かわい》がられることが多かったから、そのあたりも気に障ったのだろう。

ただリシャールにしてみれば、むしろその大人たちの方を警戒しなければならなかったのだが。

「陛下や王太子殿下のお気に入りというだけでなく、皇女様方も虜《とりこ》にしている」

カイルの言葉にはからかうような響きもあり、皮肉のようでもある。

力のある者にすり寄っている、と、当てこすりたいのだろうか？　それとも、別のことが言いたいのか。

内心で探りながら、リシャールは苦笑してみせた。

「私がアーサーと同い年だったからでしょう。皇女様方ともご一緒する機会が多かっただけですよ」

「陛下は、皇女殿下とあなたとの婚姻を考えられているという噂《うわさ》もあるようだが？」

「まさか…」

うかがうように言われ、一瞬、目を見開いたが、リシャールは一笑に付した。

それはあり得なかった。

「どうして？　別におかしくはない話だと思うけどね。君にとっても、皇女を妻として国へ迎えられれば利益は計り知れない」

「ああ…」

本気で考えていないというのを察したのだろう。

リシャールの様子にいくぶん意外そうに、わずかに目を細めて言った男の言葉に、リシャールは知らず息をついた。

そういうことか…、と。そちらの意味か、とようやく気づく。

いや、普通に考えればそうなのだろう。

つまり、ユリアナ皇女を狙っている諸国の皇子は多い、ということだ。

確かにノーザンヒールの皇女を妻に迎えることができれば、この国との関係はより緊密に、強固なものになる。なにしろ、ランドール王家と姻戚になるのだ。他の国よりも頭一つ、前へ出ることができる——という計算も成り立つ。

「それは名誉なことですが、そんな高望みはしておりませんよ」

実際に、リシャールはそつなくかわして、自分では考えていない、という形をとる。

リシャール自身は考えていなかったことだが、……他の皇子たちから見れば、一番あり得る線だという認識なのか、と今さらに気づいた。

他の皇子たちと比べても親しく接しているのは間違いなく、本来、リシャール自身、積極的に狙っていいはずのことなのだろう。

そんなリシャールの表情をじっと探りながら、何気ないようにカイルが続けた。

「あるいは…、陛下のお気に入りのあなたなら、娘の婿にしてずっと手元に置かれるということだってあるもしれない。アーサーの補佐に、ということも考えているかもしれないしね」

まんざら冗談でもないような言葉に、いくぶんムッとして、ぴしゃりとリシャールは言った。

「私はフェルマスの世継ぎですよ」

他国に婿入りなどということは、あまりにも礼を失している。フェルマスなどものの数ではない、と言われているようなものだ。

と同時に少し動揺してしまい、いつになく口調が厳しくなる。

「もちろん知っているとも。だが陛下なら、その程度の無理は通すだろう。あなたに他に兄弟がいないわけでもない」

さらりと返されて、リシャールは思わず押し黙った。

仮に望んだとすれば、確かに現王にはそのくらいのことは平気でやってのける強引さがある。が、王が自分に娘を娶《めと》らせるはずはない。

話にならない、というように、リシャールは首を振ってみせた。

「皇女様方は私にとっても妹のようなものですよ」

「しかし、あちらが同じお気持ちとは限らないからね。ユリアナ皇女もお年頃だ」

十五歳は適齢期とは言えないが、婚約しておかしい年でもない。

他の「人質」たちはリシャールよりも二つ、三つ、あるいはそれ以上に年上なので、そういう意味ではより適齢期と言える。年まわりからいっても、ユリアナ皇女が皇子たちの中では最高の「獲物」になるわけだ。

「皇女殿下には、私も幸せなご結婚を望んでいますよ」

リシャールはまっすぐに男を見つめ返し、静かに言った。

「ですから皇女様からご相談があれば、私もよく聞いて差し上げるつもりです」

言外に、他の特定の皇子たちのことを良くも悪くも吹き込めるのだ、とにじませる。

「あ、ああ…」

そんな言葉にカイルが少しあせったようにつぶやき、しまった、という表情をひらめかせた。

リシャールが皇女争奪戦で敵にまわるのでなければ、懐柔しておくべき人物だと今さらに気づいたようだ。

「……ああ、その皇女様のお呼びでしたね。わざわざありがとうございました。失礼いたします」

するりと立ち上がって一礼し、本を片手に抱えたままリシャールは男の前を通って王宮の中へと向かった。

背中からじっと探るような視線を感じる。

人質の皇子たちは、基本的にこのノーザンヒールの王宮で贅沢《ぜいたく》な暮らしをさせてもらっていた。王にしてみれば、むしろ堕落してくれていた方が扱いやすいだろう。

そのため、この「留学」期間を本当に遊んで暮らす者や、ただのんびりと過ごす者もいたが、その終点が「結婚」であるため、相手が誰になるのか――王が自分の相手に誰を選ぶのか、が、突きつめればもっとも大きな関心事になる。

宗主国の王が、自分を、あるいは自分の国を、どれだけ重要視しているのか、をそれで計ることもできるのだ。

よりよい相手を、できればノーザンヒールの皇女を――、と画策をめぐらす者も多いのだろう。

カイルは野心的な男だった。

ノーザンヒールとの国境はなく、この地方の東域ではもっとも大きな領地を持つ、ロードベルという国の世継ぎだ。リシャールの故国であるフェルマスよりも、国力は遥かに大きい。もちろん軍事力も。

ノーザンヒールを脅《おびや》かすほどではないが、国王としてはこれ以上、力をつけさせたくはないだろう。

おそらく、皇女を嫁がせて姻戚にするつもりはない。娘を与えて、つけあがらせるつもりもない。

それが計算できるだけに、いくぶんあせりがあるのかもしれなかった。

この男も、このままいけば同世代の王になる。

——アーサーにとって面倒な存在にならなければいいが……。

背中に張りつく視線を感じつつ、ちらっと頭の隅で考えながら、リシャールは王宮への石段を上がっていった。

だがそのアーサーにしても——自分にしても、だが——十八歳ともなれば、そろそろ婚約が整っておかしい年ではなかった。

ノーザンヒールの世継ぎであれば、選ぶ立場だ。近隣のどの国の皇女でも、この国の貴族の娘であっても、そう急ぐことではないのだろう。現状では政略結婚の必要もない。

むろんまわりの王家では、血縁の娘がアーサーの伴侶に選ばれるように躍起になっているわけで、このところご機嫌うかがいに訪れる各国の使節には、たいてい年頃の皇女が同行している。もしくは、選《え》りすぐった美貌を持つ貴族の娘たちなども。

そしてリシャールの方はといえば、国王オーガスティンの気持ち次第というところだった。自分に選ぶ権利はない。

リシャールたち「人質」の婚姻も、事実上、オーガスティンが決めていた。当然、政治的に自分の都合のよい相手を、だ。ノーザンヒールの王家に連なる娘か、重臣たち大貴族の娘か。

つまり、他の王家同士で結びつくことを極力避けているわけで、そのあたりも狡猾で、抜け目がない。

ノーザンヒールの王が、「貴殿の息子の相手として誰々はどうかな」と推薦すれば、言われた方は、たとえ意に染まなくとも、うなずくしかないのだ。

自分に自由はない。

だがそれが、リシャールの考え得る限り、もっともよい未来だった。

アーサーがよき伴侶を迎え、国を継ぎ、自分も妻を迎えて自国へともどり、やはり国を継ぐ。おたがいに国王となると、そうそう自国を離れて顔を合わせることもなくなるのだろうが、それでも協力してこの北方一帯を変えていく。

……幼い日の約束のままに。

自分たちにあるのは、そういう絆《きずな》だった。

知らず、小さなため息がこぼれる。

それで十分なはずなのに。

胸の深いところを刺す鋭い痛みに、リシャールは気づかないふりで歩みを進めた。

と、いつの間にか、回廊を進むリシャールに付き従うように、侍女が一人、一歩後ろに現れていた。まるで影のような密やかさ、さりげなさだ。

「殿下」

リシャールでさえ、小さく声をかけられて、ようやくその存在に気づいたくらいだった。

「ニナか…」

ハッと肩越しに小さく振り返り、思わず声がこぼれる。

これといって特徴のない地味な容姿で、ことさら大柄でも小柄でもなく、本当にどこにいても目立つことのない、いるのかいないのかもわからないくらい、存在感の希薄な女だ。

一見して覚えられる顔ではない。年はおそらく、二十代だろう、というくらいの推測しかできず、見ようによってはもっと若くも、もっと年配にも見える。

ニナは、故国であるフェルマスからリシャール付きとして派遣されていた侍女の一人だった。

フェルマスはこの北方一帯でも、小さな国の一つである。それだけに、他国に侵略を許すことなく生き残っていくために、軍事力ではなく情報力を磨いてきた歴史があった。

決して公にはされない、王家付きの密偵がいるのだ。ニナもその一族である。

他の侍女たちにまぎれさせてリシャールが二年前に呼びよせ、それ以降、この王宮内で広い範囲での情報を集めさせていた。

主に他国の皇子たちの動向を、だ。

おそらく、先ほどまでのカイルとのやりとりもどこかで聞いていたのかもしれない。

そして、リシャールの前に今、このタイミングで姿を見せたということは——少し動きを探りましょうか？　と言葉にしない問いだ。

さすがに察しがよく、動きに無駄がない。

リシャールはちらりと、裏庭からやはり王宮の方に向かって歩いてくるカイルに視線を流した。

「頼む」

一言、つぶやくように口にする。

ニナが軽く一礼して、やはり音もなく姿を消す。

リシャールはそっと息をついた。

考え得る限り、もっともよい未来——。

それを描き出すために、必要なことはするつもりだった。

誰を味方にし、誰を敵にするのか。それを見極める。

そして、誰が邪魔になるのか。

必要であれば、それを排除することも厭《いと》うつもりはなかった。

——それが自分の役目だった。

3

アーサーが厩舎へ近づくと、その前でレイモンが待っていた。黒髪で、引き締まった体つきの、同い年の男だ。古参の重臣の息子で、立場上、側近というところだが、昔から気の置けない付き合いをしている。剣友でもあり、幼い頃からのイタズラ仲間とでも言うのか。

王宮を抜け出し街へ探検に出かけたアーサーを、「連れもどしてきますよ」という名目で外へ出たあげく、一緒になって遊びまわったりもしていた。

レイモンは貴族の息子といってもアーサーよりは身軽な立場だったこともあり、むしろレイモンがアーサーに悪い遊びを教えていたとも言える。場末の酒場やら、花街やら、そんな場所を。……さすがに、リシャールは連れて行けなかった場所だ。

「待たせたな」

キュッと音を立てて革の手袋をはめながら声をかけると、いや、と短く答えてから、後ろからついてくる犬に気づいて大きな笑みを見せた。

「スクルドも一緒か」

言いながら、大きな手を伸ばしてガシガシと頭を撫でる。

「ああ…、途中で会ったから」

アーサーはさらりと何気なく返した。

「きれいな犬だよな。賢くて、躾《しつ》けもよくできている」

「飼い主に似たんだろう」

冗談でもなく口にしたアーサーに、レイモンがちらっとからかうような眼差しを向けてくる。

「ではおまえが飼っていたら、手に負えなくなっていたんだろうぜ。リシャールが飼って正解だ」

「言ってくれるな」

気心の知れた軽口に、アーサーはにやりと口元を緩める。

しかしスクルドがいたということは、リシャールにも会ったということだと、レイモンも察したのだろう。二頭の馬を引き出しながら、思い出したように口にした。

「そういえば、陛下はそろそろリシャールに縁談を考えているという話だな」

「――え？」

どうということはない噂話だろうが、アーサーは思わず足を止めた。自分でも思いの外、あせってしまった。

「まだ…、早くないか？」

そしていくぶんあわてて、何かごまかすように自分の馬の手綱に手を伸ばしながら、口の中で返す。

「同い年だぞ？　そんなことを言ったら、俺も妃《きさき》を迎えないといけなくなる」

短く息をついて、いかにも本気で受け止めていないように言った。

「おまえだって、そろそろ婚約していい年だ。ま、それを言えば、俺もということになるわけだがな」

だが苦笑するようにしてあっさりと言い返され、思わず喉《のど》の奥でうなってしまった。

十八歳だ。そう言われればそうなのかもしれなかったが、正直、まともに考えたこともなかった。

自分のことも、――リシャールのことも、だ。

自分の結婚が父によって決められることは、まあ、微妙な気持ちではあるが、ある程度仕方のないことだとは思っている。もちろん、思う相手がいれば、それを父に頼んでみることもできるだろう。身分的、政治的な問題で、必ずしも正式な妃に迎えられるとは限らないにしても。

だが、急ぐ話ではないと思っていた。まだ、ずっと先のことだと。

それがいきなり目の前に迫ってきたようなあせりを、ふいに覚えてしまう。

まだ早い。無性にそんな気がしていた。

「あの容姿だ。リシャールは若い娘たちに人気があるからな。貴族の娘たちはみんなそわそわしているぞ？　陛下にお願いしてもらえるように父親に泣きついている娘も多いようだ。ああ…、おまえの妹たちもかな。リシャールには懐いているようだし」

裏門のところに立っていた衛兵がピシリと敬礼してくるのに、なかば無意識にうなずきながら、アーサーは内心の動揺を抑えてレイモンの言葉を聞いていた。

確かにアーサーの三人の妹たちは、みんなリシャールとは仲がよかった。まあ、結婚という話であれば、すぐ下のユリアナだろうが。

リシャールは面倒見がよく、勉強や楽器などもめんどくさがらずに丁寧に教えていて、やはり異母弟になるルースにとっても、リシャールはいい家庭教師だった。

そうでなくともきれいで優しく、頭のよい男だ。小国とはいえ王家の血筋でもある。考えてみれば、まわりの、ノーザンヒールの貴族の娘たちが騒がないわけはない。定期的に開かれる舞踏会やら、夜会やらにたまに顔を出すと、あっという間に娘たちにとり囲まれていた。

「まあ…、シャールなら取り合いになるんだろうがな」

無意識に眉をよせて、アーサーは低く返す。

それにレイモンが、喉を鳴らすようにしてにやにやと笑った。

「おい…、ひがむなよ。おまえ狙いの娘も多いだろ？　リシャールとは違って、野性的なのが魅力なんだろうし？」

おもねるように、というよりは、からかうような口調だ。付き合いも長く、そのくらいの気安さはある。

それに、ふん、とアーサーは鼻を鳴らした。

「よってくる気配はないけどな」

アーサーとしては、むしろ恐《こわ》がられている方が多い気がする。決して、気性が荒いというわけではないと思うのだが…、まあ、とっつきやすい方ではないのだろう。

女性受けのいいダンスや楽器などが得意とはとても言えず、「宮廷作法」とも言える、口説き文句もうまくはないのだ。

「ま、身分もあるからな。なまじ王太子だと、初めからあきらめている娘も多いんだろうが」

予想外にアーサーがへこんでいるように見えたのか、ちょっと首をひねってから、レイモンがことさら明るい調子で言った。

「いや、実際、リシャールにはユリアナ皇女が嫁ぐのかもしれないぞ？　陛下もリシャールのことはずいぶんと買っているようだしな。そうなると、おまえとリシャールとは義兄弟になるわけだ」

「義兄弟か……」

つぶやいて、アーサーは鞍《くら》をつかむと鐙《あぶみ》に足をかけ、グッと身体を持ち上げた。愛馬の高い背に乗ると、遠く影になっている森までも見渡せる。

城の裏手は草原から豊かな森へと広がっていた。そこからさらに、険しい山へと続いていく。

ハァ！　と鋭い声をかけ、アーサーは勢いよく馬を走らせた。

いつものように緩やかに慣らしてから走ることもなく、いきなり。

スクルドが高く吠え、すごい勢いで競うように走ってくる。

「え…、——おいっ、アーサー…!?」

背中でレイモンがあせったような声を上げたが、なかば耳に入っていなかった。心を無にして風を感じられる楽しい時間のはずだったが、今日は妙に気が乗らない。

何かを振り切るように、ただ激しく、馬を駆ってしまう。

——うれしい、だろうか……？

頭の中からそんな疑問が消えなかった。

仲のいいリシャールと義兄弟になれるのであれば、確かにうれしいことのはずだった。ずっと幼い頃から、実際に兄弟のように過ごしてきたのだ。

先々、自分が王位についた時には、間違いなく力にもなってくれる。

そう思うのに。

なぜか、気持ちは晴れなかった。

どのくらい、ただ無心に走り続けたのか。アーサーは、ふいに隣に並んできた馬の気配に気づく。

「ずいぶんと飛ばしておいでですな」

その馬上からにやりと笑いかけてきたのは、四十なかばくらいの、がっしりとした体つきの男だった。

「マヌエル」

わずかに目を見張り、アーサーはようやく思い出したように手綱を緩めて少しずつスピードを落とした。馬が小さくいななき、荒い息遣いをもらすのに、手を伸ばして首筋を撫でるようにしてなだめる。

マヌエル・シルベニウス大佐は、かつての戦争を祖父や父とともに戦った歴戦の猛者であり、たたき上げの名将として名高い男だった。父と同じくらいの年だ。

下級貴族の庶子であり、ほとんど身分はなかったが、戦場で名を上げ、実力のみで今の地位を築いた。それだけに大佐を慕う若い兵士たちも多い。

豪放磊落《らいらく》な気質で、年齢も身分もずいぶんと違っていたが、アーサーとは気が合い、剣の師でもある。実の父以上に親しみを覚えていて、実際に親子とも友人とも言えるような気の置けない関係だった。

そんなこともあって、昔はアーサーが街へ遊びに出るのに手を貸してくれたのだ。

大佐自身は、アーサーがこっそりと外を見てまわることを歓迎しているようだった。

先の戦争で片目を失い、左目に黒い眼帯をつけている。

二年前、アーサーがリシャールの妹を助けて、目に怪我を負った時に、

『殿下も片目をなくしていたら、私とおそろいになったわけですな』

と、笑い飛ばしたのは、この男くらいだった。

「追いつけずに、レイモンが心配しておりましたよ」

並足になった馬を横に並べて、大佐が軽く笑いながら言った。

「そうか…。悪かったな」

そういえばほったらかしだったと今さらに思い出して、アーサーは短いため息をつく。

「何かご心配事でも？」

何気ない様子で静かに尋ねられ、いや、と反射的に答えてから、アーサーは軽くこめかみのあたりを掻《か》いた。

この男の前で強がってみても仕方がないか…、と思い直す。

しかし、今の自分の頭の中にあるのが心配事というべきかどうか。ぐるぐると思いをめぐらせてから、ようやく口にした。

「最近…、シャールの様子がおかしいと思わないか？」

「リシャール様ですか……」

大佐がわずかに眉をよせて考えこんだ。

しかし考えてみれば、大佐はリシャールと取り立てて親しいわけではない。

ただアーサーやレイモンが大佐に剣を習っていたこともあって、幼い頃にはリシャールも大佐から手ほどきを受けていたことはある。アーサーが慕っていた分、リシャールとも接点があった、というのか。

いかにも厳《いか》つい、恐そうな外観を裏切って大佐は面倒見もよく、幼い頃、二人一緒に馬に乗せてもらったり、遠乗りなどにもよく連れ出してもらっていた。剣技の大会などでは、豪快な剣捌《さば》きに夢中になって応援したものだ。

そう、リシャールを誘って街へ抜け出すような時には、警護を兼ねて大佐にもついてきてもらっていた。

そういう意味では、大佐にしても、他の皇子たちと比べればリシャールのことは遥かによく知っていると言える。幼い頃から成長を見てきて、年長者なりの見方も、気づくこともあるだろう。

「さて。最近は親しくお話しする機会が減りましたが…、思慮深いお方ですよ。殿下に仇《あだ》をなすようなことはありますまい」

「そんなことを心配しているわけじゃない」

アーサーは思わず苦笑した。

「ただこのところ妙に…、よそよそしくなった気がする」

「そうですな…。リシャール様も将来について真剣にお考えになる頃でしょうからな。まわりからの目もありましょう」

淡々と大佐が口にした。

当たり障りのない言葉のようにも聞こえるが、あるいは大佐も、リシャールの結婚についての噂など、耳にしているのかもしれなかった。

そして、どうすることもできない自分とリシャールとの立場というものを、――それをアーサーが苦々しく思っていることを、理解しているのか。

本来対等であるべき、一国の皇子同士。

だがまわりの見る目は違っていた。事実上の、王と臣下だ。そうあるように、まわりからの圧力もある。

アーサーに対しても、だ。親しくなりすぎず、そう扱うように、と。

「おまえと…、父上も同じくらいの年だったな？　戦場でともに戦ったのだろう？　身分を越えて戦友になるようなことはなかったのか？」

ふと思いついてそんなふうに尋ねたアーサーに、大佐が苦笑した。

「陛下は生まれながらに王者でしたからな。私は陛下や先代の楯に過ぎませんよ」

その言葉の意味に、アーサーはわずかに息苦しさを覚える。

つまり、王の兵士であれば王の楯となることがあたりまえだと。楯となって死ぬことも当然だと――父にとってはそういう認識だということだ。

「戦場で、それは正しいお姿だったと思いますよ。私の部下で、私の楯となって命を落とした者も少なくはありませんからな」

静かに大佐が続けた。

戦場とは、そういう場所だったのだろう。

だがアーサーにしてみれば、父がそのことを理解し、痛みを感じているかどうか——が問題だった。

「父にとって、おまえは目障りな存在だったのではないか？」

アーサーは思わず口にしていた。

その戦争で大佐は名を上げ、今の地位と名誉がある。父も武勇を誇ってはいたが、大佐と比べるといささか霞《かす》むことは否めない。

先代の時代から功績があり、兵士たちからも敬愛されている大佐を邪険にはできないだろうが、アーサーから見れば、父は微妙に大佐を敬遠しているように思えるのだ。

父の代になって、大佐は軍の中で重要な任務を任されることが少なくなり、当然、功績も減る。それなりの役目をこなし、出世していれば、今頃、軍総帥くらいの地位にあってもおかしくはないのに。

過去の英雄——。

父は、大佐にそんなレッテルを貼りたがっているように見えた。

「どうでしょうな……」

大佐はとぼけてみせたが、それは肯定しているのと同じだ。

「ただ陛下は、私の実力を認めてくださっておりますよ。私の使い方をよくご存じだ」

意味ありげに微笑んで言ったそんな言葉は、少しばかり皮肉にも聞こえる。

認めているからこそ、地位を上げなかったのだ——と。

「えてして、乱世の英雄は平時には厄介者ですからな。陛下はむしろ、平時の時にこそ、能力を発揮されている」

客観的なそんな言葉に、アーサーの口から知らず吐息がこぼれた。

「俺は父上のようにはなれないな…」

「陛下のようになられる必要はありますまい」

さらりと言われて、一瞬、息をつめる。じっと男の横顔を眺めた。

「そう思うか？」

「もちろんですよ。アーサー様だからこそ、信じて従う者も多いのですから。今は味方を増やすことです。アーサー様のお考えに同調する、心より信用できる者をね」

「そうか…」

アーサーは小さくつぶやいた。

少し心が軽くなる。

父と比べられると、さすがに苦しいところはあった。そのやり方を変えるのであれば、なおさらだ。

反対や抵抗も多いはずだった。

だが、味方を増やせばいい。自分が父の跡を継ぐまでの間に。

素直にそう思えた。

リシャールもそうだ。味方になってくれるはずだった。……たとえ、国を離れて暮らすことになっても。

そして、この男もだ。

胸の奥の小さな痛みを押し殺し、アーサーはにやりと大佐を見た。

軽く拍車をかけ、徐々に馬の脚を速めながら、なかば叫ぶように尋ねる。

「おまえは付き合ってくれるかっ？」

この遠乗りに、と聞こえるのかもしれない。

だが大佐にはわかっているのだろう。

もっとずっと遠くへ――、という意味だと。

「喜んで」

力強い声が風に乗ってしっかりと耳に届いた――。

4

「陛下のお召しでございます」

淡々と口上を述べた国王付きの高級侍女は作法通りに無表情だったが、どこか侮蔑《ぶべつ》の色が見えた気がした。

……それも、自分が過敏なだけなのかもしれなかったが。

自室で手紙を書いていたリシャールはわずかに眉をよせ、そっと息を吐いた。

ふと視線を上げたガラス扉の向こうは、ようやく陽が落ち始めたばかりだ。

このところ、呼び出しの時刻が早くなっている気がした。

「陛下はどちらに？」

「湖上の離宮でご休息なさっておいでです」

静かに聞き返したリシャールに淡々と返事があり、わかりました、と短く返すと、一礼して侍女が下がっていく。

リシャールは書きかけの手紙をしまい、着替えてから部屋を出た。

侍女の訪れをどこかそわそわと心配そうに眺めていたスクルドが、間髪を入れずに立ち上がってあとからついてくる。置いていこうかと迷ったが、リシャールは軽く頭を撫でてそのままにしておいた。

いてくれると、道のりが少し心強く感じる。

　出たところの廊下でニナとすれ違った。型通り、端で立ち止まって静かに頭を下げたニナが、ちらっと視線を上げる。

　同行いたしましょうか？　ということだろうが、リシャールは小さく首を振った。供はスクルドだけでいい。

　湖上の離宮というのは、本当の湖ではなく、王宮の広大な敷地の中に作られた人工の池に浮かぶ小さな館だ。

　縦に長い長方形の一端が円形になった鍵穴型の池で、そのちょうど弧を描くあたりの両端から橋のように石の基礎が組まれ、真ん中に小さな館が建てられている。さらにその玄関先からは、半円の頂点へ向かって細い橋が歩道としてかけられていた。

　深い森を背景にした美しい幾何学式の庭園を突っ切り、その橋を渡って、リシャールは館へ近づいていく。

　二階建ての、上品で小さな離宮だった。穏やかな水面にも、その姿がきれいに映し出されている。

　出迎えか、玄関口に立っていた王のお付きの者がリシャールの姿を認めて軽く頭を下げる。連れているスクルドをちらっと横目にしたが、何も言わなかった。

　リシャールはそっと息を吸いこみ、腹に力を入れてから、まっすぐに二階へと上がっていく。

　王がいる部屋はわかっていた。眺めのよい、二階の中央の部屋だ。湖越しに奥の森から山が一望できる場所である。

部屋の前で扉を守るように侍従が一人立っていて、やはりリシャールの姿に黙ったまま一礼して、扉を開いた。

「スクルド、ここでね」

いったん足を止め、振り返って告げると、スクルドがちょっと心配そうな目で見上げてくる。表に見せない主の感情に敏感に反応しているようだ。くぅん…、と喉の奥で鳴いて、リシャールの指先をなめた。

頭を撫でてやると、それでもおとなしく扉の前でうずくまる。帰るまで待っていてくれるのだろう。

足を踏み入れた中は、白と青を基調にしたやわらかな印象の居間になっており、一角にはピアノも置かれている。

しかしそこに王の姿はなく、控えていた侍女がリシャールの姿を見て速やかに隣室へ続く扉を開いた。

何度か……いや、何度も、訪れたことはある。

この離宮は王の休息所だった。政務に追われるオーガスティンがひととき、疲れを癒《い》やす場所だ。

広いテラスがあり、視線の先には大きく森が広がっている。

その窓際にはフラットな、大きめのソファ。背もたれもなく、ベッドと言っていいくらいに幅も奥行きもある。

黒地に金銀の鮮やかな刺繍《ししゅう》が入ったカバーが掛けられたその上に、男が一人、こちらに背を向けて腰を下ろしていた。

四十代なかばで、髪には白いものが混じり始めていたが、後ろ姿からでもがっしりとした体格のよさがうかがえる。

若い頃には父にともなって一線で軍を率いて戦い、勇猛さを誇った男だ。

ノーザンヒールの国王、オーガスティン・ネルバ・ランドール。

アーサーの父である。

先代の亡きあと王位を継ぎ、すでに二十年近くになる。その手腕で北方一帯の支配体制を整え、ノーザンヒールをかつてないほどに繁栄させ、本人も国も、円熟期を迎えていると言えるだろう。まだまだ壮健な様子で、おそらくアーサーが跡をとるまでには十年、いや、二十年以上は必要なのかもしれない。

「お呼びとうかがいました」

入ってきた気配に気づいたのだろう、ちらっと肩越しに振り返った男に、リシャールは丁重に膝を折って拝礼する。

「ああ…、酒の相手をしてもらいたいと思ってな」

それにうなずいて何気ないような言葉で言い、男が指で招く。

パタン…、と背後で扉が閉まったのがわかった。

それでも戸口のあたりに人の気配は残っている。腕の立つ兵を二人、常に警護につけているのだ。

用心深い性格といえる。

はい、と感情を殺して返事をし、ソファをまわりこんですぐそばまで近づいたリシャールを、王がじっと見上げてきた。楽しげな眼差しで、機嫌はよいようだ。

こげ茶の目の色はアーサーと同じ。後ろへ撫でつけた髪も、今は灰色がかっているが昔はもっと濃い色だったのだろう。短い顎髭《あごひげ》を蓄え、印象はまるで違うが、さすがに輪郭《りんかく》や目元など、似たところは多かった。

ただやはり、アーサーよりは貫禄《かんろく》と落ち着きで勝っている。

リシャールが単に話し相手として呼ばれたのであれば、光栄なことなのだろう。

人質である皇子たちにとって、「宗主国」の王に気に入られること、もしくはうとまれることは、自国の国益に直結する。そういう意味で、皇子たちは人質であり、外交官でもあるのだ。

しかし王があからさまに人質の誰かを厚遇したり、冷遇したりということはなかった。ただ言葉の端々に、その時の狙いによって、自分の考えをにじませる。そのあたりは、王の老獪《ろうかい》なところなのだろう。

武力なり、経済なり、少し出過ぎたどこかの国の頭を打っておきたい時、どこかの国からさらなる譲歩を引き出したい時、あるいはどこかの国とどこかの国を対立させたい時。うまく誘導して潰《つぶ》し合いをさせるのだ。

わかってはいても、どうすることもできず、手のひらの上でもてあそばれているような悔しさと憤りを覚える。

「今朝方、献上されてきたものだ。美しい色であろう？」

王が手にしていたグラスをわずかに掲《かか》げてみせ、誇らしげに口にする。

赤の葡萄酒《ぶどうしゅ》だ。すぐ脇の小さなテーブルにも、半分ほど入ったデキャンターが置かれていた。確かに深く透き通るような鮮やかな色合いだ。

はい、とうなずいたリシャールに、王が続ける。

「出来がよいな。今年蔵出しされたニブルーの産だそうだが」

そう言ってから、手にしていたグラスの残りを一気に空ける。すでに何杯か干しているようだったが、酔っているほどではない。

「ニブルーは…、よい産地ですから」

落ち着いて返しながらも、リシャールは無意識にきつく拳を握りしめていた。

ノーザンヒールと国境を接しているニブルー地方は、かつてフェルマスの領地だった。

だが現在――二年前から、ノーザンヒールに併合されている。

スッ…と空のグラスが差し出され、リシャールは小さく息を吐き出した。軽くうなずくように一礼してからデキャンターを手にとると、指先に力をこめ、なんとか震えないように、慎重にグラスに注いでいく。

ゆっくりとその半分ほどを喉に落としてから、王がリシャールを見上げてきた。

にやりと意味ありげに口元で笑う。

「懐かしいだろう？　おまえにも味わわせてやろう」

そう言うと、空いている手をおもむろに伸ばしてくる。節だった指先が頬を撫で、唇を撫でた。

思わず目を閉じ、息をつめるようにして身を固くしたまま、引かれるままにリシャールはソファへ……男の横へ腰を下ろした。

指先をくわえさせるようにしてこじ開けられ、リシャールは目を閉じたまま唇を開く。

「ん…っ…、あ……」

男の指をしゃぶらされた。口の中がかきまわされ、唾液が端から滴《したた》り落ちる。

「指ではもの足りぬだろうがな…」

低く笑う声が耳をかすめた。

頬がこすり合わされ、ザッ…と肌が粟《あわ》立つのがわかる。髭の感触が喉元を刺す。

そしてようやく指が引き抜かれると、王はいったん手にしたグラスの中味をすべて飲み干した。そして強引に顎をとられ、唇が重ねられる。

「ふ…、んん……」

男の口の中から、酒が喉へと送りこまれる。馴染んだ豊潤な香りが喉をすり抜け、そしてねっとりと男の舌が口の中をほしいままに蹂躙《じゅうりん》していく。

そのまま体重がかけられて、リシャールはソファへ仰向《あおむ》けに押し倒された。何度も奪われたあとようやく唇が解放され、あえぐように大きく息を吸いこむ。

息を整え、そっと目を開くと、王がリシャールの両手を押さえこみ、顔をのぞきこんでいた。

「うまいか？」

酷薄に唇で笑って聞かれ、はい…、とリシャールはかすれた声で答える。

抵抗することは考えなかった。今さらだ。

男の指が喉元へすべり、レースの首巻き《クラヴァット》が引き抜かれる。そして順に、ボタンが外されていった。

前がはだけられ、素肌を男の指がなぞるようにして這《は》っていく。

「んっ…、——あぁ…っ」

ビクッ、と身体の奥を走った刺激に、リシャールは無意識に身をよじり、声を殺すようにして唇を噛んだ。

男の手が、探るようにリシャールの全身を愛撫《あいぶ》していく。じっと、愉快そうにリシャールの表情を見つめながら。

まっさらな状態から、二年近くもこの男の手で快感を教えこまれた身体だ。男の指に操られるように、リシャールの身体は反応していた。どこをどう触れれば悦《よろこ》ぶのか、男は知り尽くしている。

白く薄い胸が剥き出しにされ、淡く色づいた小さな芽が指先でからかうようにいじられると、あっという間に硬く芯を立ててしまう。執拗《しつよう》に押し潰され、ひねるようにしてきつく摘《つま》み上げられて、鋭い刺激が身体の芯を走り抜けていった。

「あっ…、……ふっ…ぁ…っ」

それだけで恥ずかしいあえぎがこぼれ落ちる。

さらに舌先で尖った乳首に唾液がこすりつけられ、さんざん焦《じ》らすようになめ上げてから、いくども甘噛みされる。

「あぁぁ……っ、あっ…、あっ……」

リシャールは大きく胸をのけぞらせてあえいだ。

「よい声だ」

王が満足そうに吐息で笑い、優しげにリシャールの前髪をかき上げて、耳元でささやく。そしてすべらせた手のひらが下穿《したば》きをくぐり、容赦なく中心へと伸びてくる。

とっさにリシャールは足を閉じたが、はしたなく男の手を挟みこむだけだった。

「うん？　もうココを濡らしているではないか…」

クックッ…、と楽しげに男が喉を鳴らし、するりとリシャールの前を撫で上げた。

男の手の中で自分のモノがすでに形を変え、先端からは恥ずかしく蜜《みつ》をにじませているのをあからさまに教えられる。

「まこと、おまえの身体は男好きだな…」

手の中であやすようにリシャールのモノをしごきながら、王が耳元でなぶるようにいやらしく口にする。

貶《おとし》められ、嘲笑《ちょうしょう》されて、……だが、そうなのだろう、と思う。

自分でも知らなかった。好きでもない――憎むほどの男に抱かれて、これほど感じてしまうのだ。

部屋にいる、他の男たちに視姦《しかん》されながら王に犯されることにも慣れた。

初めて抱かれた時には、さすがに恐怖でむちゃくちゃに抵抗したため、二人がかりで身体を押さえこまれたものだったのに。

二年前、アーサーがリシャールの妹を助けて顔に怪我を負った時。

アーサーは笑って、気にするな、と言った。もちろん、本心だろう。

そのことが人の口を渡って広く伝えられ、アーサーの武勇の一つとなり、高潔な人柄や勇敢さを示す逸話ともなった。

さらに、王も表向き、息子の意を汲《く》んでリシャールたちの過失を問うことはなかった。

『ノーザンヒールの皇子として、男として、当然の行いだった』

と述べただけの王の寛容さも、人々に感銘《かんめい》を与えていた。

だがだからといって、フェルマスの王家からすれば、詫《わ》びをそれなりの形にせずにすませることなどできようもない。

そして、フェルマスの方からぜひに、と言われれば、王としては「それで気がすむのであれば」という形で礼を受けることに問題はない。

むろん、アーサー自身は何も知らないところで、だったが。

その時に「詫び」として譲渡されたのが、ニブルーの一帯だった。

もちろん、事前に王から、あからさまな指定があったのだ。

『ニブルーのあたりではよい葡萄酒がとれるようだが…、あそこはフェルマスの領地であったな？うらやましい限りだよ』

叔父やリシャールがあらためて詫びに行った席で言われたその一言で、王は望みのものを得ることができた。

——そして。

『あの妹姫はおまえとよく似ておったな、リシャール。二、三年もすれば、さぞや美しく成長するであろう。どうだ？　アーサーかルースの伴侶として早くからこちらに迎え、未来の王妃として教育させるのもよいかと思うのだが』

優しげに微笑み、さらりと何気なく言われた王のその言葉に、リシャールはゾッ…と背筋が凍りついた。

もっともな、そして将来はノーザンヒール皇子の妃に、という恐れ多くも光栄な申し出は、正式に出されたらフェルマスの王家に断る正当な理由などない。しかも、世継ぎの皇子に怪我を負わせた当人なのだ。

だが王の目の色、口調、表情は明らかに、それが建前であることを語っていた。

もちろん、リシャールがそれを察することは計算した上で。

つまり、妹をこちらによこして手をつけられたくなければ、代わりに――と。

それまでも、王の自分を見る目の色に、リシャールも気づいていないわけではなかった。……気づかないふりでやり過ごすのが精いっぱいだったが。

他国から預かっている世継ぎだ。王としても、さすがにおいそれと手を出すわけにはいかなかったのだろう。

だが王にしてみれば、本当にどちらでもよかったのかもしれない。戯れに相手をさせるには。

『どうだ？』

穏やかな口調でじわじわと追いつめながら、王の手がリシャールの顎を撫で、喉元を撫でた。

リシャールに選択肢などなかった。

『妹は…、陛下のご教示を受けるにはまだ幼すぎましょう。私を……、どうか、陛下のお望みのままに』

足元に跪《ひざまず》いたまま、震えながらその手を押しいただくように両手で包み、恭《うやうや》しく口づけた。

『陛下の……お情けをくださいませ』

あえて自分から命じることはせず、リシャールの方からそれを望ませる。そうせざる得ない立場に追いこむ。それがこの男のやり方だった。

とはいえ、人目につくようなことはしなかった。王にしても体裁のよいことではない。

そのため、王の私室よりもこの離宮が使われることが多かった。他にもいくつか、そのための離れや別荘もある。

ピアノの演奏を所望して、という名目でよく呼び出されるリシャールは、確かに王のお気に入りとして認識されていたのだろう。

リシャールの中心をなぶっていた手がいったん離れ、下衣が引き下ろされた。一緒に靴も脱がされる。

無防備にさらされた下肢が強引に広げられ、自分の愛撫に反応したリシャールの中心を王が満足げにじっくりと眺める。

その視線が耐えがたく、無意識に隠そうとしたリシャールの手が引っ張られて、上体が起こされた。

「さあ…、おまえの可愛い口で私の男も目覚めさせてみよ」

膝立ちになった王に顎をとられ、引きよせるようにしてうながされ、リシャールは逆らうことなく男の中心に手を伸ばした。

紐《ひも》を解いてズボンを緩め、まだ力のない中のモノを両手で持ち上げる。先端から口に含み、喉の奥まで呑みこんで、何度もしゃぶり上げた。

「んっ…、ふ……、んん……っ」

口の中で徐々に男が大きく成長するにつれ、息が苦しくなる。

それでも必死に奉仕するリシャールの髪をつかみ、王は腰を揺するようにしてリシャールの口を犯した。

「うまくなったな…、うん？　最初の頃はすぐにむせこんでおったが」

いくぶんかすれた声で王が笑う。

そして硬いままに引き抜かれ、リシャールはようやく大きく息を吸いこんだ。

荒く息をつくリシャールの顔を、王が両手ですくうようにして上げさせる。

呑みこみきれなかった唾液が口から溢《あふ》れた。ひどく淫《みだ》らな顔なのだろう。

王が優しげに指先でこぼれた唾液を拭ってから、何気ない口調で言った。

「実はな…、リシャール。おまえとユリアナとの婚姻を考えておるのだ」

「え……？」

なかばうつろに男を見上げていたリシャールは、思わず目を瞬かせる。

「このところ、各王家の皇子たちからユリアナへの求愛が一段と激しくなっておるようでな…」

それはそうだろう。みんな年頃の皇子なのだ。国王に相手が決められるにしても、皇女であれば言うことはない。

「ユリアナの意向を聞いてみると、どうやらおまえに嫁ぎたいらしい」

「それは……」

おもしろそうに言われて、さすがにリシャールは視線をそらせた。無意識に首を振る。

ユリアナ皇女にそんな気持ちがあったとは思わなかったが…、恋愛感情というよりは兄に対する気持ちの延長のようなものだと思う。誰かの妻にならなければいけないとしたら、よく知っている相手の方がいい、というくらいの。

どうやら、カイルの情報は正しかったらしい。

しかしまさか、王も自分の「情人」である男を娘の婿にするつもりはないだろう。

……と、リシャールは思っていたのだ。

しかし王はにやりと笑って、リシャールを見下ろした。指先がかき混ぜるようにリシャールの髪を撫でる。

「存外に、よい考えかもしれぬと思うてな」

「陛下……？」

どこか不穏な言葉に、リシャールは息をつめるようにして見上げた。

「可愛い娘の頼みでもある。本来は嫁に出すべきだろうが、……おまえを手放しがたくなった。幸いおまえには弟もおろう？」

つまり、カイルが言っていたように、自分を娘婿としてこの先もずっと手元に置くつもりなのか。

ゾッとした。娘の夫を平気で抱けるのか、と。いや、さんざんもてあそび、慰み者にした男を、娘の婿にできるのか——、と。

さらには結婚したあとまでも、関係を続けるつもりなのか……。

頭の芯が痺《しび》れるような絶望に、体温が一気に下がった気がした。

ふふ…、と王が小さく笑った。

「おかしいと思うか？」

平然と聞かれて、リシャールは呆然と王を見上げたまま、返事ができなかった。

「おまえのこの身体が…、私が思っていた以上によすぎたということだ。おまえはまだまだ淫らに、美しくなる」

いかにも楽しげに言うと、王はリシャールの腕を引き、強引に身体をひっくり返した。

「あ…っ」

バランスを崩し、リシャールはソファへうつぶせに倒れこむ。

「まだ決めかねてはおるが…、仮に婚儀が整えば、ユリアナには優しくしてやってくれ。ああ…、むろん舅《しゅうと》への心遣いも忘れてもらっては困るがな」

背中に低い笑い声が落ちる。

そして肩から脱げかかっていた服が引き剝がされ、全裸でソファの上へ転がされた。肩を覆うほどの細い金糸の髪が、背中に広がる。

「あ…ぁ……」

さらにとろり…、と背中に滴り落ちた液体の感触に、リシャールは無意識に身体をしならせる。

ふわりと花の香りが鼻をくすぐった。馴染んだ匂い。香油だ。

なだらかな身体の線に沿ってすべり落ち、腰の奥の深い谷間へと沈みこんでくる。

リシャールは反射的にぎゅっと膝を閉じたが、無駄なことだった。

香油を絡ませた男の指がやすやすとリシャールの尻を割って中へ入りこみ、窄《すぼ》まった入り口がからかうように爪の先でいじられる。

「あぁ…ん…っ」

ビクン、とリシャールは大きく腰を跳ね上げた。

すかさず膝が広げられ、いったんそこから離れた手が、香油を塗り広げるようにして足のつけ根から脇腹へと撫で上げていく。

ぬるりとした手が肌を丹念に愛撫し、ゾクゾク…と身体の奥から得体の知れない疼《うず》きが湧《わ》き上がってくるのがわかる。

背中に散った髪がかき分けられ、うなじになめるようなキスが落とされた。そのまま背筋に沿って指が這わされ、リシャールはこらえきれず身体をしならせる。

いつの間にか上着を脱ぎ、薄い絹一枚だけになった男の身体が背中に重なって、前にまわされた指が小さな乳首をもてあそぶ。さらにもう片方の手は下肢へとすべり落ち、ぐちゅっといやらしく濡れた音を立てながらリシャールの中心をしごき立てた。

「く…ぅん…っ、は…あぁっ……、あぁぁ……っ」

リシャールは両膝と両肘をソファについた獣のような体勢で、必死に快感を逃がすように身体を揺するしかない。

王の指が根元の膨らんだ双球を揉《も》みしだき、奥の溝へと指をすべらせた。こするようにして何度も行き来し、リシャールはいやらしく、さらに激しく腰を振り立てる。

香油にまみれた奥の入り口が指先でこじ開けられ、やわらかな襞《ひだ》がかき分けられるようにして指が一本、含まされた。

ゆっくりと、いくども出し入れされ、中がかきまわされる。さらに二本に増えた指が奥まで突き入れられ、リシャールは夢中でそれを締めつけてしまう。

「あ…っん…っ……、奥……っ」

中をいっぱいにこすり上げてほしかった。

しかしあっさりと引き抜かれ、いたぶるような言葉が肩口から落とされる。

「まだだ。おまえのココは我慢が足りぬな」

ぴしゃりと尻をたたかれ、無造作に押し開かれる。

「あぁぁ……っ」

男の目にあられもなく恥ずかしい部分がさらされ、リシャールは歯を食いしばって、カバーに爪を立てた。

と、ふいにやわらかく、生温かい感触にそこをなぶられる。

「ひぁ…っ、……いや…ぁ…っ」

たまらず高い声を放っていた。とっさに逃げようとした腰は力ずくで引きもどされ、さらに深く、奥まで味わわれる。

硬い指とやわらかな舌とで交互に責められ、リシャールは狂ったように腰を振りまわした。

「あっ…あっ…あぁ…っ、——ひ…っ、あぁぁぁ……っ」

しかしその指も浅いところで遊ぶばかりで、ほとんど奥へは来てくれない。

とろけきった入り口が爪でなぶられ、やわらかく敏感な内腿《うちもも》が愛撫され、甘噛みされる。

「つっ…、んっ……はぁ…っん……っ」

その刺激に一瞬、放ってしまいそうになるが、男の手がすかさず根元を押さえこんだ。

「まだだと言うたであろう？　私の許しがあるまで極めることは許さぬ」

楽しげな王の声が、肩口に髭をこすりつけられながら落とされる。それからさらに、男はリシャールの全身をくまなく愛撫していった。

感じる場所を知り尽くした指だ。いや、この男にそれを教えられたのだ。

だが決定的な刺激は与えられず、延々と焦らされた。

唇を噛み、リシャールは必死にこらえる。

いつものやり方だった。王はギリギリまでリシャールを焦らせ、さんざんにあえがせるのを好む。

そして、なりふりかまわずせがませるのを。

「陛…下…っ、陛下……っ、もう……お許し…を……っ」

何度目か、強い刺激をもらえないままに、指が溶けきったリシャールの中を遊んで出ていった時、たまらず腰を振り立てながらリシャールは哀願した。

いつもならすでに一度くらいは許されているのに、今日はいつも以上に執拗だった。

そんなリシャールの顎がつかまれ、肩越しにひねるようにして振り向かされる。

涙のにじんだ目に、男の残酷な笑みが浮かんだ。

「そんな潤んだ目で可愛く泣いているが…、そなた、本当はアーサーにしてもらいたいのではないのか？」

皮肉な口調で聞かれ、一瞬、リシャールの息が止まった。大きく目を見開いて、男を凝視してしまう。

「ま…さか……、そのような……」

しかし次の瞬間、とっさに笑い飛ばそうとして、失敗した。自分でもわかるくらい、動揺で顔は強ばってしまっていた。

そんなリシャールの表情を、王が探るようにじっと見つめてくる。

どくん…、と心臓が痛いほどに大きく鳴った。

「やはりそうか…。昔から仲はよかったからな」

冷たく感情の失《う》せた笑みを浮かべた男に、リシャールは夢中で首を振った。

「違います…！」

「まあ…、かまいはせぬ。おまえはすでに私のものだ」

断定的に、わずかに鼻を鳴らすように言われて、リシャールは思わず息をつめた。

王の手がリシャールの丸い肩を優しげに愛撫し、乱れた髪を直すようにかき上げて、指先でそっと頬を撫でる。

「アレはよくできた息子だからな…。いささかできすぎるくらいに」

いつになく低い声。どこか意味ありげな言い方だった。

知性と、勇気と、高潔さと。人望も名声もあり、生まれと地位にふさわしい、誇れる息子のはずだ。

誰もが次代の王として認め、歓迎している。

だがそれだけに、息子への嫉妬《しっと》があるのか。……あるいは、無自覚な恐れなのか。

「だが強靭《きょうじん》さに欠ける。きれいごとだけでは強い為政者にはなれぬよ。広大な国を支配するには、非情さと老獪さも必要だ」

確かに、それはある意味、正しいのかもしれない。この男のやり方では。

だがアーサーにはアーサーのやり方があるはずだった。

ふと、嫌な予感が胸をかすめる。

アーサーは長子であり、世継ぎだ。たった一人の正妻の息子でもある。

次代の王を約束されて生まれてきた。

だがそれは、結局、オーガスティンの考え一つとも言えるのだ。現在、絶対君主して君臨する王の意志に背くことは、誰にもできない。

と、その時、警護についていた男の一人が王に近づき、そっと耳元でささやいた。

「通せ」

小さくうなずいて、王が短く命じる。そしてリシャールに向き直って、薄く笑った。

「おまえの望みを叶えてやろう」

「え…？」

意味がわからなかった。

が、考えるまもなく両手でしっかりと腰が引かれ、二本の指が熱く待ちわびた中を貫いた。性急に何度も出し入れされ、かき乱すようにして中がこすり上げられる。

「──あぁ…っ、あぁ……っ…んっ、いい……！」

再び襲ってきた快感に、リシャールは大きく身体をのけぞらせた。

前にまわった男の手が、親指の腹で先端の敏感な部分を揉み、くびれをいじりまわす。わずかに力を失っていたリシャールのモノはあっという間に硬く張りつめ、恥ずかしく蜜を溢れさせた。

身体の内にこもっていた熱が、噴き出す先を求めて荒れ狂い始める。中をえぐる男の指は、的確にリシャールの感じる場所を突いてくる。

「あっ…あっ…あぁ…っ、あぁぁ……っ！」

ビクビク…、と、はしたなくリシャールは腰を震わせた。身体の芯から湧き上がってくる陶酔《とうすい》に、下肢が溶け落ちていく。

「ああっ…、ダメ…っ、どうか……っ」

しかし無慈悲に指は引き抜かれ、雌犬のように淫らに腰を振りたくりながら、リシャールはむせび泣いた。

満足げに低く笑い、男がリシャールの腰を抱えるようにしてその場所に自分のモノを押し当ててくる。

「これが欲しいのか？」

すでに先端は先走りに濡れ、十分に硬くしなっている。

いやらしくうごめく襞が、それを奥へくわえこもうといっせいに収縮する。

「陛下……っ、どうか……お情けを……っ」

恥ずかしく腰を掲げたまま、リシャールは男をねだった。

「ほら…、存分に味わえ」

グッ、と深く突き入れられた瞬間、リシャールは大きく身体をのけぞらせた。

きつく男をくわえこみ、こすり上げられる感触に酔う。

「いい……っ、いいっ…、――あ…っ、あぁぁ……っ！」

と、何度か出し入れされたあと、いきなり背中から引き起こされ、男の腰に背中から座らされて、リシャールは必死に体勢を整えた。

「――ふ……ぁ……、ふか…い……っ」

自分の体重で根元まで男を受け入れ、快感に手足の先まで痙攣《けいれん》する。

なかば男の胸に身体をもたれさせるようにして、必死に息を整えるリシャールの顎が、強引に前を向かされた。

「ほら…、よく目を開けてみよ」

耳元で優しげに、ささやくようにうながされて、リシャールはそっと涙に潤んだ目を開いた。

瞬間、目に映った光景――表情をなくした顔で自分を凝視する男の姿に、リシャールは頭の中が真っ白になった。

アーサーだった。

瞬きもせず、凍りついたようにただじっと、リシャールを見つめていた。

「い…や……、――いやぁぁぁぁ……っ！」

それを認識した瞬間、張り裂けるような声が迸《ほとばし》っていた。

「見るな…っ！　見ないで……っ」

とっさに両腕で自分の顔を覆い、身体を隠そうとする。

しかし背中からまわってきた男の腕がリシャールの両膝を抱え、無造作に大きく広げると、そのまま身体を揺すり上げる。

「あぁっ…、あぁっ……――いやぁっ、いや……っ、いやぁぁぁ……っ！」

リシャールは声の限りに叫んだが、しかし激しく身じろぎするたび、身体の奥に打ちこまれた男に中がこすり上げられ、絶望と快感が渦を巻くように全身を侵していく。

「ふふ…、いつもよりよう締まるわ……。絡みついてくるようだな」

耳元で王が低く笑った。そしてわずかに腰が持ち上げられて、下から激しく突き上げられた。

「あぁぁぁ……っ！　あっ…ん…っ、あぁ……っ、あぁぁ……っ、――そこ…っ、当たる……っ」

痺れるような快感が黒く意識を塗り潰す。

「ほら…、イクがいい」

こらえることもできず、うながされるままリシャールは放っていた。

アーサーの目の前で。

全身を満たす愉悦に肌が震え、そのまま崩れ落ちるようにソファへ伏せる。

何も……考えられなかった。ただ凍りつくような冷たい絶望だけが押しよせてくる。

長い、満足げな吐息とともに、ゆっくりと男が離れていくのがわかった。中へ出されたものがとろりと内腿へ溢れ出す。

しかしリシャールには、もうどうでもいいことのように思えた。

この場で、今すぐ死んでしまいたかった。消えてしまいたかった。

間違いなく、自分の中で何かが壊れていた。

もはや感情もなく、声もなく、涙だけが流れ落ちる。

「まだもの足りぬようだな…」

しかし背中で独り言のような声が聞こえ、次の瞬間、さんざん太いモノでこすり上げられて敏感になっていた襞がいじられた。

「――ひぁ…っ！　あぁぁ……っ」

たまらず、悲鳴のような声を上げてしまう。

精神の糸が切れても、身体は悦楽を覚えているようだ。

反射的に伸び上がった上体が強い腕に引かれた。そのまま倒れこむように、背中から男の胸に抱きかかえられる。

「ほら…、このようにいやらしくヒクついているではないか。前も……このざまだ」

腰が持ち上げられ、無造作に膝が広げられて、容赦なく見せつけるように後ろの入り口が指でいじられる。さらには、その刺激で兆してしまった前も。

リシャールはとっさに顔を背け、血がにじむほどにきつく、唇を噛んだ。

「そうであろうな…。もうおまえのココは男なしではおられまい？　もの欲しげにヒクついておるわ」

耳を塞《ふさ》ぎたい言葉が、いかにも楽しげに頭の上から落ちてくる。

しかしその間にも男の指はリシャールの前を手慰みのようにもてあそび、さらに後ろは中のものを掻き出すように指でえぐられて、リシャールは男の腕の中で身悶《みもだ》えるしかなかった。

「なに…を……」

干からびたような声が、自分の淫らなあえぎ声の中に混じる。

ようやく、アーサーが声を絞り出したようだ。

「何をなさっているのですか……!?」

そして次の瞬間、爆発するような怒声が響いた。

ものすごい勢いで、今にも殴りかかりそうな様子で近づいてくる。

それでもさすがに父に拳を上げることはできなかったようで、きつく震える右手を握りしめた。

「わからぬか？　それほど初心《うぶ》な子供でもあるまいに」

しかし王はそれをさらりと受け流した。

「愛しおうておるのよ。よい身体をしておるぞ？　おまえの幼友達はな」

そしてあっさりと言い放たれた言葉に、アーサーが目を見開いた。

「シャール……!?」

とっさに確かめるようにリシャールを見たが、リシャールはその目を見返すことができなかった。

王がにやりと笑って、優しげにリシャールの顎をとる。

「リシャール…、おまえからアーサーにねだってみたらどうだ？　おまえの淫らなココに入れてくれるやもしれぬぞ？」

「あ……」

想像もしていなかった言葉に、ビクッと身体が震える。顔が強ばる。

思わずアーサーと視線が絡んだ。

愕然《がくぜん》と、信じられないように自分を見つめる眼差し――。

「くわえてやったらどうだ？　口を使うのがうまいぞ、リシャールはな」

試すように、いたぶるように、王が言葉を続ける。

――アーサー、の……？

事実上の命令だった。

だが、命令でなくとも、リシャールは浅ましく求めていたかもしれない。

もう……思考は停止していた。心は壊れていた。

どうなってもよかった。どう思われてもよかった。

ならば。だったら——。

リシャールはのろのろと身体を動かし、這うようにソファの端へ動くと、アーサーの下肢へ手を伸ばした。

「シャール……！」

ハッと我に返ったように、とっさにアーサーがリシャールの肩を突き放そうとした。

が、かまわずリシャールは下穿きに手をかけ、強ばる指で紐を解いて、中のモノをつかみ出す。

どのくらい、いつから自分の父親とリシャールとの情交を見ていたのか。

アーサーの男は、なかば形を変えていた。

それが泣きたいほど愛《いと》おしく、リシャールは微笑むようにそれを口にくわえた。

くっ…、と低くうめく声が聞こえ、反射的に押し返そうとしたが、リシャールはきつくその根元を押さえたまま、離さなかった。

アーサー自身、混乱していたのだろう。状況がよく理解できていなかったはずだ。

ただ呆然と、見つめられているのがわかる。

リシャールは夢中で男のモノを頬張り、舌を這わせ、しゃぶり上げた。

いつもくわえさせられているモノよりも張りがあり、若々しい。先端からにじんだ先走りを、すすり上げるようにして口にする。

アーサーの男は、あっという間に口の中で大きく成長していた。

感じてくれたのが、胸が苦しくなるほどにうれしい。

「シャール…っ、よせ……！」

と、こらえきれなくなったのか、いきなりものすごい力で引き剝がされた。

荒い息をつきながら、混乱した目でリシャールを見下ろしている。

「入れて……くれ」

それを静かに見上げて、リシャールはかすれた声で言った。

アーサーが息を呑んだ。さらに大きく目を見開き、表情が固まる。

どれだけ軽蔑されただろう、と思う。裏切られた思いもあったはずだ。

今まで自分に見せていた姿は何だったのか——、と。

「シャール……？」

それでもまだ信じられないのか、かすれた声がこぼれ落ちる。

「おまえの男を……、私の中に入れてくれ……」

リシャールは涙ににじんだ目で、なかば微笑むように口にしていた。

「そん…な……」

呆然と、アーサーがただ立ちすくむ。

身動きできないアーサーの目の前で、痺れを切らしたように王がリシャールの身体を抱きかかえた。

そのまま大きく足が広げられ、腰が浮かされて、溶けきっている後ろの入り口が指で押し開かれる。

「入れてやれ、アーサー。リシャールの望みだ」

言いながら、王がいやらしくうごめく襞をかきまわすように指でいじる。

「あぁ……っ、――ふっ…ぁ……、……早く……っ」

リシャールにしてみれば、見つめられる時間の方が耐えがたかった。

「できぬか？　これほどリシャールが欲しがっておるのに？」

王があざ笑うように言うと、やれやれ…、と指を離した。

「ならば下がれ。用はないわ。私がもう一度、可愛がってやろう」

その言葉が終わらないうちに、いきなり低いうなり声がし、次の瞬間、アーサーの手がものすごい力でリシャールの足をつかんだ。

そしてあっと思った時には、熱く硬いモノがリシャールの中を貫いていた。

「あぁぁぁ……っ！」

リシャールは大きく身体をのけぞらせる。

身体が、全身が痺れるようだった。わずかな痛みが背筋を這い上がり、甘く、溢れるような快感が体中を満たしていく。

カバーに爪を立てたまま、ようやく目を開いて、自分にのしかかっている男がアーサーだと確かめる。

息が止まるかと思った。

根元まで入れられ、しっかりときつく締めつける。

「あぁ……」

ため息のようなあえぎがこぼれた。知らず涙が溢れる。

ドクッ…、とアーサー自身が脈打つのが、皮膚で直接感じられるようだった。

アーサーは荒い息づかいのまま、ものすごい勢いで何度か突き上げ、リシャールは上体を王に抱えられたまま、激しく身をよじった。

背中から王に顎をとられ、その顔がじっと見つめられる。

「どうだ……？　どちらがいい？」

どこか狂気を宿したような男の眼差し——。

「あ……」

しかしリシャールが答えることもできないでいるうちに、低くうめいてアーサーが達した。中が濡らされたのがわかる。

「若いな…」

くっ、と王が喉で笑った。

「シャール……」

ようやく正気にもどったように、アーサーが大きく息を吸いこんだ。顔が石のように強ばっている。

無意識に後退《あとずさ》った拍子に、ズルリ…と男のモノが抜けていく。

切なく疼くようなその感触に、リシャールはそっと息をついた。

そして次の瞬間、吠えるような声を上げ、アーサーが部屋を飛び出した。

リシャールはその背中を、ただ呆然と見送っていた。

放心状態だった。

わんっ、わんっ！　とスクルドの鳴き声が遠く、ぼんやりと聞こえてくる。

「子供よな…」

王が背中でつぶやくように言って、吐息で笑う。

「あんなに早くては、おまえも十分に満足できまい？　……うん？」

そしてリシャールの顎を持ち上げると、唇を重ねてくる。

そのまま腰が引きよせられ、再び王のモノに貫かれた。

「——んっ、あぁ……っ」

まるでその前の息子の感触を消し去ろうとでもするように、激しく腰が使われる。

声を上げ、いっぱいに身体をのけぞらせてあえいだが、リシャールの心は冷めていた。

いや、もう空っぽだったのだろう。

「アレにしても…、おまえにしても……、まさか結ばれると信じていたわけではあるまい……？」

つながったまま腰を揺すりながら、王が荒い息の合間に口にした。

もちろん、望んだことなどなかった。考えたこともなかった。そうでなくとも、それぞれに王位を継ぐ身だ。

「建前でしかない友情など、無益なものだ。アーサーは……、ノーザンヒールの王としては甘すぎるな。さっさと思い切るか…、割り切って遊ぶか、強引にでも手に入れるか。待っていたところで、何も始まりはせぬ」

言いながら何度も突き上げ、中へ放つ。

息子の若さに煽《あお》られたのかもしれない。

リシャールもほとんど同時に達していた。

二年間、この男の好みに仕込まれた身体だ。心とは関係なく、男の思うまま、身体は反応する。

「……さて。私は退屈な執務にもどることにしようか。おまえは少し休んでから帰るとよい」

ぐったりとソファに伏したままのリシャールに王が優しげな声をかけ、軽く身支度を調《ととの》えて部屋を出た。警護の二人も一緒だ。

侍女たちが、王と入れ違いで後始末に入ってくる。

誰もが無言のまま、濡れた布で身体がきれいに拭われていくのを感じながら、リシャールはぼんやりと窓の外を見つめていた。

アーサー――

あの男にだけは、知られたくなかった……。

知られないままに、おたがいに結婚し、リシャールは国へ帰るつもりだった。

それぞれに次代を担う王として、友情だけは続くはずだった。

――だがすべてが、終わったのだ。

すでに涙も乾ききっていた。

目の前で、沈み始めた夕陽が真っ赤に湖を染め上げていた――。

5

父から呼び出されることはそうめずらしくはなかったが、この場所は初めてだった。

むしろ、ここにいる時には邪魔をしないように、と、広く周知されているくらいなのだ。

湖上の離宮――と呼ばれる、こぢんまりとした瀟洒《しょうしゃ》な館。

人工の池にかかる長い橋を渡って玄関へ立つと、扉の前にいたお付きの侍従が一礼して中へと案内する。

ここで父が休息する時には、あまり人も連れていないのだろう。王宮とは違って人気《ひとけ》がなく、落ち着いた静けさが漂っていた。

先導されるままに階段を上がったアーサーは、ちょうど進んでいる廊下の真ん中あたりで、扉の前にうずくまっている大きな影に気づいた。

が、アーサーより先に、向こうが気づいたようだ。

ピクッと耳を立て、素早くすらりとした身体を起こしてこちらを見る。

「スクルド？」

ちょうどその扉の前まで導かれたアーサーは、いくぶんとまどったままスクルドの頭に手を乗せる。

スクルドがその手に鼻をくっつけるようにして、くぅん…、と小さく鳴き、何か言いたげに扉の向こうを見た。

どうしてこんなところに…？　と不思議に思い、しかしスクルドがいるということは、リシャールもいるということだ。

リシャールも呼ばれているのか、と思った。

父がリシャールのピアノの演奏を気に入っていることは知っていたし、夜会などでも所望されてたまに弾いている。妹たちにも教えているのだ。

多忙な政務の合間にピアノを聞いて気持ちを癒やしていたとしても不思議ではないが、しかし、ピアノの音は聞こえなかった。

扉が開かれ、中へ通される。控えていた数人の侍女たちがそろって頭を下げてくるが、父やリシャールの姿はない。

侍女の一人が奥の扉をわずかに開き、中の男へ何かを伝えた。侍従というより警護役らしい、帯剣した男だ。

男がうなずき、いったん扉が閉じられる。

しばらくお待ちを、と、かしこまった侍従に告げられて、アーサーは軽くうなずいた。

何気なく目をやった正面のガラス扉の向こうには、湖面から一続きに美しい山の景色が広がり、思わず感嘆の声がこぼれる。

「いい眺めだな…」

つぶやいた言葉に、はい、とだけ、侍従が小さく答える。

父もこの静かで雄大な景色が気に入って、よくここで休息しているのだろう。

王という立場にどれだけ重責があり、激務なのかは、アーサーにもわかっていた。

もちろん、手を抜くことは容易だろう。仕事の多くを臣下に任せることも可能だ。そうして遊び暮らしている諸国の王が多いことも知っている。

が、アーサーの知る限り、父はほぼすべての執務を自分の手で行っていた。少なくとも、ほとんどすべての事案に目を通している。

何事も人任せにせず、自分の手でやりたがる。それだけの膨大な内容を把握し、処理できる能力があるということでもあり、驚嘆に値する。

アーサーにしても王太子という立場であり、父の仕事をある程度補佐してはいたが、おそらくそれほど重要性の高いものではない。

父はその父――アーサーの祖父だ――とともに、今のノーザンヒールを命がけで戦って守り抜き、新たな領地を勝ち取り、自分の手でこの国を大きく発展させてきた。その自負が強いのだろうと思う。

責任感が強く思慮深い性格だが、悪く言えば臣下を――人を信用しておらず、猜疑心《さいぎしん》が強いということなのかもしれない。

王宮の中にいてさえ、常に警護の人間をつけているというのも、アーサーにしてみれば、今の状況でそこまで必要があるのか…？　と少しとまどってしまう。

父の命を狙うような者が、この王宮の中にいるとは考えられない。国内外ともに、そのような切迫した情勢でもない。

父から学ぶべきところは多いのだが、正直、父と同じようにこの国を統治できるとは思えなかった。

そして、同じようにするつもりもない。

父のことは尊敬しており、その手腕を認めてもいたが、やはり根本的な考え方が違っていた。……あるいはそれは、自分がかつての乱世を経験していないからなのかもしれなかったが。

と、中から扉が開き、男が侍従に視線で合図を送ったのに、侍従が「どうぞ、中へ」とアーサーをうながす。

うなずいて、アーサーはまっすぐに中へと進んだ。

別に何を警戒するようなこともなく、ふだんのまま、気軽な様子で。

おそらく、父とリシャールは景色を眺めながら談笑しているのだろう、くらいの予想で。

リシャールも頭のよい男で、政治的な意見を交換するのであれば、父が自分よりリシャールを相手にすることは当然だと思えた。

しかし隣室へ足を踏み入れた瞬間、アーサーは違和感を覚えた。どこか肌がざわつくような異質な空気が、息詰まるように押しよせてくる。

だがはじめ、それが何か——目の前で何が行われているのか、はっきりとはわからなかった。

テラスへのガラス扉が赤く染まり始めた空を鮮やかに映している。その前の大きなソファで、絡み合う二つの影。くぐもった、低いあえぎ声。

何か漠然《ばくぜん》とした不安を覚えながら、無意識に動いた足が部屋のなかばまで進み——ようやくそれが父と……リシャールだとわかった。

全裸で父に組み敷かれ、獣のような姿で男を受け入れている姿——。

衝撃しかなかった。一瞬、頭の中が真っ白になった。

声も出せず、瞬きもできないまま、何かにぶちあたったように足が止まってしまったアーサーを、父がちらっと眺める。

そしておもむろにリシャールの両膝に腕をまわし、腰を抱え上げると、ぐっと上体を抱き起こした。

美しい髪が夕陽を弾いて光をまき散らす。

「ひ、あ…っ、あぁぁぁぁ………っ！」

白い肢体を大きくのけぞらせ、艶《なま》めかしい声を放ってリシャールがあえいだ。

だがきつく閉じられた瞳に、自分の姿は映っていないだろう。自分がいることすら、気づいてはいないはずだ。

しかし父がリシャールの顎をとり、正面を向かせて、耳元で何かをささやいた。

そして、リシャールの灰色の目がうつろに開かれる。

瞬間、アーサーの姿を認めたのだろう。大きく目が見開かれ、顔が強ばった。

「い…や……、——いやぁぁぁ……っ！」

悲鳴のような声を上げてリシャールの身体が伸び上がり、大きく暴れたが、父の腕がしっかりとそれを押さえこんだ。そしてさらに下から激しく突き上げているのがわかる。

目の前で何が起きているのかわからなかった。いや、わかってはいたが、理解できないでいた。

あるいはただ、信じたくなかっただけなのか。

父の膝の上で淫らにあえいで、リシャールが達したのがわかる。

瞬間、カッ…、と目の前が真っ赤になった。

怒りなのか、憤りなのか、幻滅なのか。

だがそれが何に対して、誰に対する——のかもわからない。

父とリシャールとの乱れた関係、それ自体なのか。それを今まで自分が知らなかったことなのか。

こんなふうに見せつけられたことになのか。

リシャールが自分に言わなかったこと。

何より父に抱かれて感じ、よがって、快感を得ていること。

「何をなさっているのですか……!?」

自分が叫んだことも、意識になかった。

そしてそのあとのことは——自分でも何があったのか、何をしてしまったのか、ほとんど実感がなかった。

怒りに任せて——だったのか。

リシャールの中へ自身の欲望を突き入れ、注ぎこんで、ようやく我に返った。

生々しくつかんだ、リシャールの足の細さ。素肌の感触。そして、きつく締めつけられ、全身の血を熱く沸き立たせるような、まぎれもない快感。

自分のしたことに愕然とし、アーサーはただ、その場から逃げることしかできなかった。

部屋を飛び出したアーサーの背中からスクルドが吠えてきたが、そのことに気づく余裕もない。

無意識のまま、本当に隠れるように、自分の部屋に向かっていたのだろう。

「――あ…、おい、アーサー？」

すれ違ったレイモンが声をかけてきたようだったが、まったく耳に入っていなかった。

「おい、どうしたんだ？」

さすがにただならぬ気配に、レイモンがいくぶん強引にアーサーの前にまわりこみ、激しく肩をつかまれて、ようやくその存在に気づいたくらいだった。

「おまえ…、おまえは知っていたのか!?　シャールが――」

そのレイモンの腕を邪険に振り払い、逆にその胸倉につかみかかるようにして、アーサーは声を荒らげる。

宮廷中で自分だけが知らされていなかったのか――と、そんな妄想に一瞬、取り憑《つ》かれてしまう。まるで道化みたいに。

「リシャールが……？　どうした？」

しかしその力で壁際に押さえこまれたまま、レイモンがとまどったように目を瞬《また》かせる。

到底口にすることはできず、アーサーは低くうなって男の身体を突き放し、そのまま自室へ飛びこんだ。

「おいっ、どうした、アーサー!?」

「殿下…、いかがなさいましたか？」

そのいつにないアーサーの様子に、レイモンや近侍の者たちも心配して声をかけてきたが、激しくそれを怒鳴りつけ、追い払った。

「出ていけ！　誰も近づくな！」

一人になり、目についた水差しの水を、床が水浸しになるのもかまわず頭から被《かぶ》る。激情のままに空になった水差しを壁にたたきつけ、すさまじい音を立てて割れた破片が飛び散って頬をかすめる。

しかしそれでも、身体の熱はとれなかった。壊れそうなほど、胸の動悸《どうき》が激しい。

確かに、怒りはあった。父や……リシャールに対しても。

だが間違いなく、自分は欲情したのだ。

汚い…、最低の男だった。あの時の自分は。

友人である男の身体を、自分の欲望のままに汚した。

どれだけ卑劣なことだったかわかっているのに、リシャールの中に自分のモノが呑みこまれ、締めつけられた時のすさまじい快感を忘れることができない。自分が突いた瞬間に快感の証を迸らせたリシャールの恍惚《こうこつ》とした表情が、まぶたから離れなかった。

思い出しただけで下肢が熱くなる。

「クソ…ッ」

息苦しさといらだちと、そして慚愧《ざんき》の思いで体中が爆発しそうだった。

無意識に拳で壁を殴りつけ、……何度もそれを繰り返し、手の甲に血がにじんだ。

到底、冷静になどなれなかった。

自分の知らないところで、父とリシャールが通じていたのだ。

――なぜ、父なんだ……!?

どうしようもなく、そんな怒りが湧き上がってくる。

……だが。

荒い息をつきながら、ようやくアーサーはそれに気づいた。

これほどの怒りがどこから出てくるのか。

確かに、衝撃はあった。恥ずべきことだと思う。同盟国から預かっている皇子に、父は手をつけたのだ。

しかしそれは、ただ父に苦言を呈すればいいだけのことでもあった。決して外聞のいいことではないが、父も男だ。ある意味、子供の心配がないだけ、黙認されることなのかもしれない。

だがこの収まらない怒りは――。

なぜ、自分じゃなかったのか。

そんな怒りと、……悔しさだ。

リシャールが他の男に抱かれているという事実が許せなかった。他の男の腕の中であれだけ乱れる姿を、認めたくなかった。

たとえ相手が父であろうと。他の誰であっても。

――誰にも、渡したくなかったのだ。

思わず喉の奥から低い咆哮《ほうこう》がもれた。

ずっと……欲しかった。

それでも、そんな思いは押し殺していた。考えないようにしていた。

おたがいに世継ぎの身だ。よい友人として生涯付き合っていけることを優先した。

リシャールにしてもそうだろう…、と。

心の奥底では、ずっと浅ましく欲情していたのに。何度も夢の中で抱いたこともあったのに。

アーサーは血で赤く染まった壁に拳を押し当てたまま、きつく唇を嚙みしめた。

――シャール……。

見るな、と叫んだ時の顔が、目の前によみがえる。

今まで見たこともない、絶望的な表情だった。

自分には見られたくなかったのだろう。

そのあとのことも……、父の命令だったのだ。リシャールに逆らうことは不可能だったろうし、自分が拒絶しなければならなかった。

――友人でいるためには。

嚙みしめるように、きつく目を閉じる。そのまま額を壁にたたきつける。

あやまってすむことではない。だが、あやまるしかなかった。

ずるずると、アーサーは全身の力が抜けるように壁に沿ってすべり落ちる。

――なぜ、父と……？

どうしてもその思いが脳裏をめぐる。考えただけで、頭の芯がズキンと痛んだ。

年が違う。力関係も違う。

愛し合っている――と父は言った。

だがどういう意味で、父はそれを言ったのか。リシャールが本当に望んだことなのか…。

人質としている皇子たちにしても、年頃の男なのだ。誰もがそれなりに遊んでいることは、アーサーもわかっている。

アーサー自身、去年あたりから、年上の貴族の夫人を寝所によこされ、「手ほどき」を受けさせられていた。世継ぎであれば、子を作ることは絶対の義務なのだ。

だが他の皇子たちにしてみれば、うかつにノーザンヒールの貴族の娘に手を出して子供でもできれば、即婚姻をとりまとめられることにもなりかねない。やはり相手にするのは、気に入った侍女あたりが多いのだろう。

……あるいは、気楽に遊べる男相手か、だ。

とりわけ結婚前であればそれもめずらしいことではなく、小姓に手を出している者も少なくはない。

リシャールがそういう誘いをよく受けていたことは知っていた。相手にせず、受け流していたようだったが。

つまり、身体の相手というだけであれば、リシャールが納得していてもおかしくはない。

客観的にみて、リシャールの立場であれば、王の相手を務められるということは大きなメリットがあるのだから。

だがとても信じられなかったし、信じたくもなかった。リシャールが父の歓心を買うために身体を使ったなどと。

むしろ。

——父は……命じたのではないか？

ドクン…、と心臓が大きく打つ。痛いほどに耳鳴りがした。

父の言葉が絶対的な命令だということは、息子であり、世継ぎであるアーサーも同様だったが、リシャールたち「人質」にとっては、さらに拒むことのできないもののはずだ。

純粋な愛情であるはずはなかった。そう思いたかった。

少なくとも父にリシャールに対する愛情があれば、あんなふうに……自分の前でリシャールをなぶることなどできないはずだ。

リシャールに自分の相手をするように命じることなど、絶対にできるはずはない。

アーサーは目を見開き、大きく息を吸いこんだ。

なによりもそれを……確かめなければならなかった。


しかし翌日から、アーサーは王宮内でまったくリシャールの姿を見ることができなくなった。

ふだんよく見かける図書室や、音楽堂、いつもの庭にも姿はなく、意を決して部屋を訪れても留守だと言われるか、休んでおられますので、とやんわりとお付きの者に断られる。

陛下のお呼びで離宮に出向かれております——、と言われた時には、血の気が引くような気がした。

とっさに離宮へ走ったが、扉を守っている者たちにさえぎられ、中へ入ることは許されなかった。

つまり、避けられているということだ。自分には会いたくないと。

……それも当然かもしれない、と思う。

父と自分と、二人がかりでリシャールをなぶりものにしたのだ。最低だった。どれだけ嫌悪されているか――。

仕方なく、アーサーは先に父と話をすることにした。

しかし親子とはいえ、部屋に押しかけるようなことはできず、正式に面会を申し入れる。

もちろん会議のあとやら、執務の合間やら、あるいは廊下ですれ違ったついでにちょっと会話を交わす程度のことはできるが、そんな人前で、立ち話程度ですませられる内容ではなかった。

「ずいぶんと他人行儀なことだな」

就寝前というくらいの時間になって父の私室へ赴いたアーサーに、王がくつろいだ様子で低く笑った。

もちろん、アーサーの話の内容は察しがついているはずだ。

冷静に話すつもりだった。しかし真正面から父の顔を見た瞬間、アーサーは身体の奥からこみ上げてくる怒りを必死に抑えこまなければならなかった。

知らず、にらむような眼差しになっていたのだろう。

「父を見る目ではないな」

しかしそれを平然と見返して、王が鼻を鳴らす。

「私を恋敵とでも思っているのか？　そのような感情に振りまわされているようでは、到底、一国を治めることはできぬぞ」

せせら笑われ、カッ…、と頭に血が上った。

一瞬、つかみかかりそうになったが、警護の男たちがその気配を感じたようにわずかに身構えたのに気づき、ようやく気持ちを引きもどす。

アーサーは目の前の男を瞬きもせずににらんだまま、押し殺した声で尋ねた。

「なぜ……、リシャールに手を出されたのですか？」

それに王はとぼけるように首をかしげてみせる。

「なぜ？　つまらぬことを聞くな。欲しかったからに決まっておるだろう。私は目の前に欲しいモノがあって、指をくわえて見ているだけの男ではないからな」

ぐっ…、とアーサーは言葉に詰まる。

当てこすられているような気がした。いや、明らかにそういう意味だろう。

「欲しければ…、何でも好きに奪うとっ？　リシャールの意志も関係なくですか⁉」

「むろん、リシャールも望んだことだ」

叫ぶような勢いで非難したアーサーに、王は動じることなくさらりと答える。

アーサーは思わず、息をつめた。

「シャールが……？」

無意識にかすれた声がこぼれ落ちる。

「そうだ。あれが私に抱かれることを望んだのだ」

言い切って、にやりと笑う。

アーサーはそれを見て、大きく息を吸いこむ。

詭弁《きべん》だ、と思う。この父であれば、リシャールにそう言わせるくらい簡単なことだろうから。

「あのように…、人前でなさることもですか？　そんな悪趣味なことをリシャールが自ら望んだと？」

いくぶん皮肉めいた口調で、問い詰めるようにしてアーサーは聞き返す。

「おまえはそんなに堅物であったのか？」

しかし王は、あっさりと肩をすくめてみせた。そして、意味ありげな目でアーサーを眺め、口元に小さな笑みを刻む。

「悦んでいたではないか？　リシャールも……、おまえもな」

ぐっ…、とアーサーは歯を食いしばった。

自分の犯した罪の重さが胸にのしかかってくる。身体が小刻みに震え、きつく拳を握りしめた。

王は、持ち帰った仕事なのだろう、立ったまま机の上に置かれた巻紙を無造作に開きながら、片手間のように言い放った。

「リシャールとはもう二年ほどの関係になる。いいかげん、同じやり方では飽きるからな。たまには刺激があってよかろう」

——二年……!?

その言葉に、アーサーはさらに愕然とした。

二年も続いているのか、と。そしてその間、自分はまったく気づかなかったのだ…、と。

それでも激しく首を振り、アーサーは言い募った。

「リシャールは…っ、あのように扱っていい男ではありません……！」

「本人は悦んでいたが？」

「そんな……」

そんなはずはない。

思わず息を呑んだアーサーに、王があっさりと言った。

「ならば、直接本人に聞いてみればよかろう？」

余裕のある表情。楽しげな口調だった。……なかば、アーサーを嘲《あざけ》るような。どこか挑発的な。

手にしていた書類を机に投げ出し、王がゆっくりとアーサーに近づいてくる。

親しげな様子で肩に手を置き、わずかに身を屈《かが》めて耳元でささやいた。

「……どうであった、リシャールの中は？　熱く、絡みついてくるようだっただろう？」

その言葉とともに、あの時の記憶が否応なく脳裏をめぐる。思い出した瞬間、身体が熱くなる。

「な…何を……」

どうしようもなく、アーサーはうろたえてしまった。

「あれほどの身体に、わしが躾《しつ》けたのだ。……アレはわしのモノだ」

肩に置かれた手にグッ…とすさまじい力がこもる。手の形のまま、肉に食いこんでくるようだった。

ゾクッ…と背筋に冷たいものを感じる。

それでもアーサーは、必死に男を見返した。

「父上……」

「そんなに欲しければ、おまえはリシャールの妹を妻に迎えればよい。よく似ていたからな」

「そのようなことを望んでいるのではありません……！」

薄く笑って言われた言葉に、アーサーは首を振って叫び返す。

「では何を望む？」

淡々と聞かれ、一瞬、息を呑んだアーサーだったが、まっすぐ、父に向かって言った。

「リシャールを……解放してください。あいつを自由にしてください…っ！」

やめさせなければならない。あんなことは。

それだけは、はっきりしている。

「もともとリシャールは自由だ。自由に、私に抱かれることを楽しんでいるだけだよ」

しかしあっさりと言い返されて、唇を噛む。

話にならなかった。相手にならない……と言った方がいいのかもしれない。

突き放すようにして、王が手を離す。アーサーはわずかによろけるようにして後ろに下がった。

「下がれ。おまえの言うことは筋が通っておらぬ」

ぴしゃりと言い放ち、無造作に手を振って、退出を命じた。

控えていた侍従が、弾かれたように扉を開く。

アーサーは一瞬、父をにらみつけたが、そのまま部屋を出るしかなかった。

父が……リシャールを大切にしているのであれば、まだ、あきらめもついたのかもしれない。

おたがいに思い合っているというのであれば。

黙って身を引くしかない。

——だが。

到底、納得できることではなかった。

少なくとも、リシャールの口から真実を聞くまでは。


結局、アーサーがリシャールをつかまえることができたのは、たっぷりひと月もたってからだった。

めずらしく、リシャールが王宮で開かれた舞踏会に顔を出していたのだ。

王の誕生日を祝う集まりでもあり、国中の貴族たち、さらには近隣国からの客も多く、夜通しの、盛大な宴《うたげ》になっていた。

この夜のリシャールは、すばらしく美しかった。

今までこの手の夜会や舞踏会は、義理で顔を出したとしてもできるだけおとなしく、あまり目立たないようにしていたようだが、この日は明らかに違っていた。細い身体によく似合う、華やかな衣装を身にまとい、近くを通り過ぎるだけで年頃の娘たちが色めきたっていた。

違っていたのは、それだけではない。

おそらく他の客たちも――少なくともノーザンヒールの者たちは、多少、違和感を覚えたはずだった。

リシャールはせがまれて皇女たちと何度かダンスを踊った以外、ほとんど王のそばにはべって酒の相手をしていた。あとは、王に所望されてピアノを弾くくらいで。

さすがに見事な演奏で、王の誕生を祝う席にふさわしく、宴は大いに盛り上がった。

だから客たちもあるいは、王の誕生日だということでリシャールもいつもより気を遣っているのだろう、という程度に考えて、納得していたのかもしれない。

……まだ、この時は。

しかし誰もが王の歓心を買おうと必死になっているこんな席で、リシャールの存在はひどく目についた。王自身がそれを許していた――むしろそばから離さなかったことも、何か妙に落ち着かない空気を醸し出していた。

時折ちらっと、父の自分を見る視線を感じ、あるいはあえて見せつけているのかもしれない、と思う。

二年前からというのであれば、おそらくリシャールは、こんな人前ではことさら王と距離をとっていたのだろうと、今になればアーサーにもわかる。単に、夜会や舞踏会が苦手というだけではなく。

だが今、それを気にしなくなったのは、やはり……自分に関係が知られたからなのか。

アーサーは壁際から、場の中心で次々と挨拶を受けている父と、その隣にいるリシャールの姿を眺めて、小さく唇を噛む。

今までになくあからさまな父とリシャールとの距離感に、他の皇子たちはやはり、感じるものがあったのだろう。どういうことだ？　とでもいうように、おたがいに視線でやりとりしているのがアーサーにもわかった。

少しばかりあせっている様子なのは、出し抜かれた、という思いだろうか。

誰の目にもリシャールが王の「お気に入り」だと、この夜、はっきりしたのだ。

舞踏会自体は夜通し続くのだろうが、リシャールは一足早く、部屋へ引き上げることにしたらしい。

じっと目で追っていたアーサーは、すかさずあとを追いかけた。

「シャール！」

そして広間のざわめきも薄れ、リシャールが部屋のある王宮の西翼へ入ったところで、後ろから声をかける。

中庭へ続く回廊で、月明かりが足元の白い石畳を照らしていた。

いくぶん緊張して呼びかけた声の主は、リシャールにもわかったはずだ。

さらりと金色の髪が揺れる背中が一瞬、ビクッとしたように止まり、しかし振り返ることはなく、そのまま行こうとした。

「シャール…！　待てっ！」

アーサーはとっさに大股で近づいて、強引にまわりこむようにしてリシャールの前に立ちはだかる。

ようやく立ち止まったリシャールが大きく肩で息をつき、静かに顔を上げた。

「何か？」

冷ややかな、他人行儀な口調だった。……今まで、感じたことがないほどに。

アーサーはひさしぶりにまともに見たリシャールの顔を無意識のうちにじっと見つめ、そしてあわてて視線をそらす。ようやく、押し出すように口にした。

「……すまなかった」

乾いた唇をなめ、何よりも先にあやまったアーサーに、しかしリシャールの声は冷淡だった。

「おまえにあやまられるようなことは何もないと思うが？」

「あんなことを…、俺はするべきではなかった」

それでも硬い口調で続けたアーサーに、リシャールがうっすらと笑った。

似合わない、皮肉めいた笑み。

「私が誘ったことだ。違うか？　私が先におまえのモノをしゃぶって——」

「シャール……！」

たまらず、アーサーはリシャールの言葉をさえぎる。

にらむように、なかば泣きたいような思いで、じっと見つめる。

「父に……命じられたからだろう？　父の相手をしていることも、おまえの意志ではないのだろうっ!?」

声を荒らげ、無意識にリシャールの両肩をつかむようにして、アーサーは詰めよるように口にしていた。

「だとしたら、どうするつもりだと？」

無表情な問い。

「父ともう一度話す。たとえ父の勘気《かんき》に触れたとしても、必ずおまえを自由にさせる。だからリシャール、おまえは——」

「よけいなことはするな」

しかしぴしゃりとリシャールにさえぎられ、思わず息を呑んだ。

リシャールの手がアーサーの腕にかかり、振り払うように外される。

「陛下のお相手は、私が望んだことだ」

静かに言われ、アーサーは思わず目を見張った。

「なぜ……!?」

「なぜ？」

リシャールが薄く微笑んで聞き返す。

「ノーザンヒールの王だ。北方の支配者でもある。気に入られて、困ることは何もないだろう？ 陛下にしてもお相手には不自由されない方だ。私が本気で拒めば、他国の世継ぎなどと面倒な立場の者にわざわざ手を出されたりはされないよ」

淡々と落ち着いた言葉。

「父の歓心を得るために抱かれていると…？」

アーサーは震えそうな声を抑え、低く聞き返す。

それにリシャールが朗らかに笑った。どこか病的なほどに。

「いや、それだけではないな。陛下は…、とてもお上手でいらっしゃるから」

その言葉の意味を理解した瞬間、カッ…とアーサーの頭に血が上った。

「おまえでは陛下ほど、私を悦ばせてはくれないだろうがな」

「シャール……！　おまえはそんな男ではなかったはずだっ。おまえがそんなことを望んでいたはずはない！」

「では私の望みが何か、おまえにわかるというのか？」

静かに聞かれ、アーサーは思わず息を呑んだ。

――リシャールの、望み……？

一瞬に、幼い日の約束が脳裏によみがえる。真っ赤な夕陽と、あの時、殴られた痛みまでも。

『おまえが…、標になればいい。おまえの信じる道を進み、おまえが変えろ』

そう言ったリシャールの声。

「わかっている、つもりだったが」

息を殺すようにして答えたアーサーに、リシャールがわずかに目をすがめた。

「ほう…？　そうなのか。ならば邪魔はするな」

同じ声が冷ややかに言い放つ。知らず腕をつかんでいたアーサーの手が、再び無造作に振り払われた。

「シャール！」

「陛下とのことはおまえには関係ない。……ああ、ノーザンヒールの世継ぎとしてであれば、関係ないとも言えないか。目障りかもしれないな」

しなやかな肩をすくめ、リシャールがどこか意味ありげにアーサーを見返してくる。

「あの時の…、陛下の気まぐれには困ったけどね。おまえに知られなければ、私が国へ帰ったあとも、おまえとも陛下ともよい関係でいられただろうに。おまえは…、融通の利かない男だからな」

小さく吐息するように笑ってみせる。

「もう子供ではないということだ、アーサー」

そして呆然としたままのアーサーに淡々とそれだけ言うと、リシャールはあとも見ず歩き出した。

「待てっ、エリー！」

しばらく混乱したままだったアーサーは、ハッとして振り返り、無意識に叫んだ。

――違う。

と、それだけを思う。

大人とか子供とかいう問題ではない。何かがおかしかった。いや、すべてがおかしい。

自分の知っているリシャールではなかった。

「二度とその名で呼ぶな」

しかし足を止めたリシャールは吐き捨てるようにそう言うと、振り返ることもなく足早に去っていく。

アーサーはそれ以上、呼び止める言葉を持たなかった――。

第二章

1

その夜から、明らかにリシャールは変わった。

——本性を現したのさ。

と、吐き捨てるように言う皇子たちもいたが。

あからさまに、王のそばで仕えるようになっていた。宴の席でも人目をはばからず常に王の隣につき、公然と、王の寝所に泊まるようになったのだ。まるで愛妾のように。

そして以前はほとんど顔を出すことのなかった夜会に、リシャールはよく姿を見せるようになっていた。もちろん、王にともなわれて、だ。

王も以前はさほど頻繁に宴を催していたわけではなかったが、このところは好んで開くようになっていた。公の場にリシャールを連れ出し、人前でなぶる楽しみを覚えたからだろう。

酒がふんだんに振る舞われ、にぎやかに歌舞が披露される中で、リシャールは常に王の腕の中にいた。

ほとんど身体を重ね合うくらいに密着させ、王は機嫌よく口移しで酒を飲ませ、そして戯れにリシャールの素肌に指を這わせてくる。

もちろんまわりには見えないようにこっそりと、時には扇で顔を隠すようにして、だったが、まわりには何をしているのか、はっきりとわかっていたはずだ。

淫猥《いんわい》な、自堕落な、背徳的な行為――。

それがよけいに刺激と悦楽を生む。その蜜の味を、王は知ったのだ。……リシャールが巧みに導いたとも言える。

この夜は仮装舞踏会だった。

幻想的な雰囲気に、ふだんより少しばかり明かりを減らして薄暗くした大広間ではエキゾチックな音楽が鳴り響き、中央では異国の女たちの艶めかしい踊りが繰り広げられ、人々の笑い声が絶え間なく起こっている――その片隅のソファで。

顔の上半分を覆う仮面をつけ、ゆったりと華やかな衣装で古代の女神に扮《ふん》した露出度の高いリシャールの服の中に王の手が入りこんで、すでにかなり長い間、胸や下肢を好きなままにもてあそんでいた。

官能的な音楽に合わせるように動く王の指がリシャールの中心をしごき上げ、すでにはしたなくこぼれ落ちた蜜を硬く反り返ったモノにこすりつける。その濡れた指をさらに奥へとすべらせ、後ろの窄まりをさんざん刺激してから、指を一本だけ含ませてくる。

「……っ…、あ…っ、ふ……んっ」

リシャールは王の片膝をまたぐような恥ずかしい格好で、ほとんど男の腕に抱かれたまま、身体をくねらせた。

こらえきれないあえぎが唇からこぼれ落ちる。

そんな様子に、王が頬をこすれるくらいに顔を近づけ、吐息で笑った。

「どうした？　何が欲しい？」

誘うように聞きながらも、無慈悲に指を激しく抜き差しする。湿った音がいやらしく、かすかに空気に溶ける。

「あぁ…っ…、ん…っ！」

リシャールはそれをきつく締めつけるようにして、身体を大きく伸ばした。

「陛下……陛下の……宝剣を……。どうか、お情けを……」

そして潤んだ目で王を見つめ、肩にしがみつくようにしてねだる。

「困った子だな、こんな場所で。皆が見ておるぞ？」

「――あぁ…っ、そんな…っ。ふ…ぅ…、あぁぁ……っ」

なぶるような言葉とともにさらに指が二本に増やされ、リシャールは必死に声を噛み殺しながら腰を浮かせるようにして揺すった。

そんな自分の痴態《ちたい》を、広間のあちこちから無数の目が見つめているのはわかっている。突き刺さるような視線を感じる。

冷ややかに眉をひそめた侮蔑の、あるいは好奇、好色な眼差しで。

……もちろんアーサーも、だろう。

どんな顔で見ているのか。

軽蔑してくれていい、と思う。とことんまで軽蔑し、あきれ、疎《うと》み、憎んでくれてよかった。

――そうしてほしかった。

リシャールは必死にこらえつつも、こらえきれないふりで王に身体をすりよせた。

「我慢できぬのか？」

「指……っ、ぁ…っん…っ、指で……陛下の指で……イッてしまう……っ」

楽しげに聞かれ、顔を肩口にこすりつけながら耳元で淫らにあえいでみせる。

「ならぬぞ。このような人前でおまえのアノ時の顔を見せれば、何人が血迷うことか」

密やかに王が笑った。

「仕方がないな…。どれ、退出するか」

いったん指を抜き、たまらず崩れ落ちたリシャールの身体を抱えるようにして広間を出ると、そのまま寝所へ連れこまれ、思うままに身体を貪られた。何度も男のモノを身体の奥まで受け入れ、恥ずかしい声とともに極めさせられる。

「ずいぶんとはしたなくなったものだな…。初めの頃はろくに声も出さないように我慢していたはずだが」

中へ自身を入れたまま、ゆったりと腰を動かしながら、王がじっとリシャールの顔を見下ろしてくる。

「子供…、だったからでしょう……」

リシャールはうっすらと微笑み、男を求めるように腕を伸ばして答えた。

「アーサーに見られて、開き直ったからではないのか？」

どこか意地の悪いもの言い。

それに、あぁ…、とため息のようにリシャールは息を吐いた。

「あの時…、初めて陛下以外の男を受け入れて……、ようやく気づいたのです。私は…、もう陛下のモノでしか……満足できない……——んん…っ」

言いながら、こらえきれないように男の腰に足を絡ませる。

「ずいぶんと可愛いことを言う。何かおねだりがあるのか？」

王が喉で笑って、リシャールの喉元に唇を這わす。

「欲しいのは…、陛下の……だけでございます……。もっと…、深く……陛下の男をくださいませ……」

うわごとのように口走りながら、リシャールはさらに腰を押しつけるように揺すった。中に入ったままの男を、さらにきつく締めつけてやる。

「私を食らい尽くすつもりか……」

かすれた声で笑いながらも、まんざらでもなさそうに男がうなる。

確かに、アーサーに知られたことで本当に開き直ったのか、気が楽になったせいか、リシャールの口は、男を悦ばせる言葉を容易に紡ぎ出せるようになっていた。男に媚《こ》びる身体の使い方も、表情も。

頭の芯は冷めていても、身体は男の望むまま、淫らに感じていた。むしろ無心に、快感に身を委ねている方が楽だった。

――たった一度だけ与えられた激しい熱を、身体の、心の奥底に封印して。

この日、フェルマスからの使節が到着し、従兄弟《いとこ》のジュリアスが王へ挨拶をすませたあと、リシャールの部屋を訪れていた。

「ずいぶんと…、宮廷内の空気が変わったようだな」

ようやく気持ちを休められたのか、ジュリアスがふぅ…と長い息をついて、疲れたようにソファに身体を投げ出した。

さすがに不穏な雰囲気を感じとったのだろう。王の、ではなく、他国の皇子たちのリシャールを見る目が厳しくなった分、フェルマスからの使節にも険しい視線が注がれているのだ。

皇子たちと儀礼的な挨拶を交わしていても、そんな気配、そしてあからさまな皮肉を浴びせられたのだろうと思う。

フェルマスは王に献上できる美形が多くてうらやましい限りだ――とでもいう。

王家の誇りも体面もなく、皇子の身体を差し出して王の歓心を買っているのか、という嘲笑だ。

ジュリアスはリシャールよりも三つ年上の従兄弟で、優しげな面差しの貴公子だった。

やはり美形だったが、王の好みから言えばいくぶん優男すぎるだろうか。王は少しばかり歯ごたえのある相手を好む。いたぶって落とした時の達成感が違うのだろう。

ジュリアスが訪れた名目の一つに、リシャールへのヴァイオリンの教授ということがあったので、時折、持参した名器をつま弾いて音を立てながら、声を落として会話を続けていた。

部屋にいるのは自分たち二人と、スクルド、そしてニナだ。

ニナにはこのところ、王宮の中での細かい動きを探ってもらっていた。王の動きはリシャールにもわかるが、他の重臣たち、そしてアーサーの動きだ。

以前ならばアーサーの行動も予測できたが、今の自分たちの関係ではそれも難しかった。かつてのように、アーサーが自分の考えや思いを打ち明けてくれることもない。

「国の品位を下げるような真似《まね》をして、申し訳なく思っています」

静かに詫びたリシャールに、ジュリアスが、いや、と小さく首を振った。

「二年前の皇女のこともある。フェルマスは小国だからな。陛下に目をつけられれば……。だが陛下や王妃様も心配しておられる。……おまえ、本気なのか？」

わずかに身を乗り出し、無意識のように声を潜めて、険しい表情で尋ねてくる。

「本気でなければ、このようなことを口にはしません。二年前に奪われたニブルーの地では、今もフェルマスへの回帰を叫ぶ者たちが容赦なく処刑されていると聞いています。我がフェルマスの民がね。……今はノーザンヒールの国民と呼ばれていても、それを受け入れている者は少ないでしょう」

「それはそうだが……」

淡々としたリシャールの言葉に、ジュリアスが重いため息をついた。

「かつてフェルマスの領地であった頃よりも、今のニブルーには遥かに重い税と、こちらの王家への葡萄酒の上納とを求められておりますから」

　ニナが静かに付け加える。

「ニブルーを失ったことは確かに痛い。フェルマスの国力の低下につながっている。だが失敗した時には、それこそ我が国の未来はないぞ…」

「今のままでも同じですよ」

　それにリシャールは声を張り上げることもなく、しかしぴしゃりと言った。

「どこかで流れを断ち切らなければ。このままだと、フェルマスがいつノーザンヒールに併合されてもおかしくはない」

　低くうなり、ジュリアスが息を吸いこんだ。

「……それで、どうするつもりだ？」

「時間をかけて、少しずつでかまいません。今は潜伏期間ですから、決して怪しまれないようにすることが重要です。少数精鋭で、動ける者を中へ引き入れる」

　自分でも考えるように口にしてから、リシャールはちらっと尋ねるようにニナに視線をやった。

「フェルマスの商人にこちらの王宮への出入りの承認をいただけましたら、そこから何人か、送りこむことは可能でしょう。おそらく、見目のよい女で、信頼を得る時間さえかければ、奥付きの侍女としてかなり内部まで入ることもできるかと。男たちは、他国の者ではなかなか侍従にまで取り立てられることは難しいかと思いますが、庭師や厩舎などの下働きであれば問題はないと思います」

「フェルマスの商人か…。それは私の方で手配しよう。私付きの侍女であれば、あと数人ほどは国の人間を置いても怪しまれるようなことはないはずだ。……そう、こうして国から使節が来る時に、気の利いた者を手元に残してもね」

「では、国からの使節には、私の里の者を入れるように」

ニナの言葉にうなずいてから、リシャールは従兄弟を振り返った。

「ジュリアス、国に帰ったら人員を厳選してください。数年の下働きを我慢できる者…、国のために信念のある者を。いかにも軍人とわかるような者だとまずいでしょうから、柔軟に動ける者を」

「わかった。しかし本当に、我が国だけでそのような大それたことが成功するのか…？」

やはり落ち着かないように部屋をうろうろとしながら、ジュリアスが不安げにうめく。

「ノーザンヒールに不満を持っているのはフェルマスだけではありませんからね。この先の状況によっては、相手を選んで協力を求めることもあるでしょう」

――あるいは、利用することも。

「腹を決めなければならないということだな…」

ジュリアスがつぶやくように、しかし決意を秘めた声で言った。

不穏な密談の気配を感じてか、スクルドがどこかそわそわと、心配そうにリシャールの足元から見上げてくる。

くぅん…、という鳴き声に、リシャールは無意識に強ばっていた表情をわずかに緩め、そっと手を伸ばしてスクルドの頭を撫でた。

そう…、この子のことを考えておかなければならない、と思う。本当は早めに手元から離して、フエルマスへでも連れていってもらった方がいいのだろう。その方が安全だ。

だがもう少し、そばにいてほしかった。

スクルドだけが、今はアーサーとのかすかなつながりのように思える。

今でもスクルドはアーサーを見かけると喜んでじゃれついているようで、アーサーの方もその飼い主に思うところはあるにせよ、スクルドには優しかった。

——歯車はまわり始めたのだ。

リシャールはそっと目を閉じた。

アーサー、おまえはどう動く……？

2

「アーサー様っ。王太子殿下…！　どうか陛下に目を覚まされますよう、ご忠告くださいませっ」

そんなふうに、重臣たちが入れ替わり立ち替わりでアーサーの部屋にこっそりとやってくるのも、このところ日課のようになっていた。

今夜などは、王が少し離れた湖畔の別荘へ静養に出ており、邪魔をしないように、という厳命のもとに、例によってリシャールも同行させていたので、ことさらおおっぴらに訪れていたようだ。

最近では、父はひと月やふた月はそこで過ごし、政務もそちらへ持ちこんでいることが多くなった。しばらく前から、父は秘書官のような立場でリシャールを手元に置いて、執務を手伝わせていたのだ。

多くの重臣たちは眉をひそめたが、それ自体、アーサーにしてみれば不思議なことではない。リシャールにはそれだけの能力があり、知識もある。

もちろん、同盟国とはいえ、他国の世継ぎを内政に関わらせるのはどうかという声はあったが、リシャールは故国フェルマスの王位継承権を放棄することを、正式に王に願い出ていた。

ノーザンヒールの王の愛人となることを選んだということで、実際のところ、小国の王となるよりもノーザンヒールで重臣となる方がよほど大きな権力を手にすることができる。もちろん、金も。

ますます宮廷の者たちには蔑まれることになっただろうが、しかし現実的に、リシャールは政治の場でも――裏政治であっても――それだけの発言力を持つようになっていた。

それにつれ、家臣たちはリシャールを王の「公妾」として認識し、リシャールに対して媚びを売る者も多くなる。

実際、息子であるアーサーよりも遥かに、王に対する影響力は大きかっただろう。

王に何か陳情したい場合は、リシャールに頼んだ方が通りやすい――と、それはなかば常識のように語られ始めていた。

そしてこのところ王の、政治向きに対する姿勢も少しずつ、変化しているような気がした。相変わらず精力的ではあるのだが、どこか片寄った、独善的なところが目につくようになったのだ。もともと独断で物事を進める傾向はあったが、これまでは少なくとも、重臣たちの意見を耳に入れていた。そして総合的に判断していたはずだ。だが最近ではすべて、すでに決定したことを大臣たちに下ろすのみになっていた。

自分一人で、というより、リシャールの助言が入っていることは想像に難くない。

それを苦々しく思いつつ、しかし王に直接、意見することのできる者もおらず、状況を憂えた重臣たちは世継ぎあるアーサーに訴えてくるようになったのだ。

「あのような男に籠絡《ろうらく》されるなど…、考えられませぬっ」

古参の重臣たちが渋い顔でうなり、口々と責めるように吐き出される言葉に、アーサーは慎重に言葉を選んだ。

「俺の…、いや、他人の諫言《かんげん》に耳を貸す方ではないからな」

父がリシャールを見込んでいるのは確かなのだろうと思う。……身体、だけではなく。

だが籠絡されているなどと、本人が考えているとは思えない。外からどう見えようと、当人が認めるはずもない。

「しかし、このままではあの男に国をいいようされてしまいますぞっ」

初老の大臣が語気強く言い切ったのに、冷静にアーサーは指摘した。

「だが、具体的に何か問題が起こっているわけではあるまい？　リシャールが直接何をしたというわけでもないのだろう？」

アーサーにも問題はわかっていた。……いや、妙にはっきりとしない、ということがわかっている、と言った方がいいのかもしれない。

確かにリシャールの父へ与える影響が大きくなっている、というのは感じられた。だがリシャール自身が表立って何かをしているわけではないのだ。父にしても、そこまでの暴走を許すはずもない。

そしてリシャールが政務に関わるようになってから新しく指示されたことというと、税制を手直ししたり、王都への主要道を整備したり、辺境や王都に駐留する軍を多少配置換えしたり、出入りの商人を変えたり、……というくらいだろうか。

王を介しての場合もあったし、リシャールのまわりでご機嫌をとるようになった一部の大臣や高級官吏たちが、リシャールの意を汲んでその裁量で行ったこともあるらしい。

だがそれらのことが国にとってマイナスになったかといえば、そういうわけではない。むしろ有益な場合も多いだろう。すべての結果が出るには、まだ少し時間がかかるかもしれないが。

アーサーも気をつけて、リシャールの関わったと思われる事案については、人を使ってできるだけくわしく報告させていた。

たとえば出入りの商人というのは、どうやらリシャールの故国であるフェルマスの商人を新しく入れたらしく、そのあたりは身贔屓《みびいき》と言えるのかもしれないが、少しでも自国のために、という思いは当然とも言える。そしてそのおかげで、ずいぶんと備品などの仕入れ値は下がったらしく、その分、他へまわせる予算が増えたわけで、おそらく喜んでいる者たちも、少なからずいるはずだ。まあ、同じだけ、弾かれた商人たちの恨みは買っているにしても。

「それは……」

そのあたりを正論で示されると、大臣たちも強く言えないようだ。

「リシャールが父に何かをねだって贅沢をして、国庫を空にしているというわけでもあるまい。官吏や商人と癒着《ゆちゃく》して賄賂《わいろ》を受けとっているというようなこともないのだろう?」

「た、確かに、まあ、今のところそのような報告はありませんが…」

大臣たちが視線を泳がせて口ごもった。

実際、口利きを期待して、地位が欲しい貴族たちや、出入りの許可を得たい商人たちからは高価な贈り物が毎日のようにリシャールのもとに届いているようだった。だが、リシャールはそれらを自分で受けとることはなく、そのまま王のところへ運ばせているという。

癒着や賄賂という意味では、おそらく長く要職にある者たちの方がずっと身に覚えがあるはずだ。多かれ少なかれ。あるいはこの者たちにしても、必死にアーサーをたきつけているのは、その弾かれた商人たちとの癒着のせいかもしれないのだ。

だが人目に映る行動の派手さとは裏腹に、リシャールの私生活での慎《つつ》ましさは以前とほとんど変わらなかった。

父への接近があからさまになった分、まわりの目が厳しくなっているのだろうが、王の権力を笠に着て自分勝手な我が儘《まま》を通しているわけでもない。

だから客観的に見れば、ただ単に自分たちよりもリシャールを重用するようになった王に古参の重臣たちが不満を持っている、もしくは、自分たちよりも王への影響力があるリシャールに嫉妬している、というだけのことだとも言える。自分たちの地位が脅かされるのを恐れている、と言ってもいい。

「そこがあの男のずる賢いところなのですよ！　おそらく今はまだ様子見の段階なのです。確実に地盤を固めてから、一気に権力を手にするつもりに違いありませんっ」

「しかしまさか、これほどあからさまに陛下へ取り入ってくるとは……」

どこを攻撃していいのか困ったあげく、結局、そこを突いてくる。

「ずっと陛下を籠絡する隙を狙っておったのでしょう」

「まったく、とんだ女狐《めぎつね》だったと言うべきだろうな…。きれいな顔をして」

「しかし、陛下ほどの方があれほど入れこまれるというのは、相当によいカラダをしているということなのだろうが…」

「陛下のあの男への入れこみ方は普通ではありませぬぞっ。政務の方にも、以前ほど身が入っているようではございませんし」

必死に言い募る大臣たちの愚痴のような言葉を話半分に聞きながら、アーサーは小さく息をついた。

「だが以前の父は、あまりに一人ですべてを背負いすぎていた。少し手を抜くことを覚えられたのなら、それはそれで悪いことではない気もするが」

「そ、そのような……」

つぶやくようなアーサーの言葉に、大臣たちが反論しづらいのか、口の中でもそもそとうめく。

事実、大臣たちにしても以前は王に、何もかも自分でやるのではなく、もう少し自分たちを信頼してもらえないかと愚痴を言っていたくらいなのだ。

「ただ、見苦しいのは確かだな」

わずかに目をすがめ、アーサーは静かに言った。

あまりにもあからさますぎるのだ。それが気にかかる。

普通なら、こんな非難を表立って浴びないように、国の間で軋轢《あつれき》を生まないように、人前で必要以上に王に近づくのは慎しんでいいくらいだ。リシャールだって、そのくらいのことを考えられないはずはない。

まるで見せつけるようにしているのは……自分への当てつけなのだろうか？　言葉にしない非難だろうか。

そう思うと、やりきれない気がする。

「さ、さようですとも…！」

「同盟各国のお世継ぎ方の前で、示しがつきませんっ。ずいぶんと不快に思われているご様子ですぞ」

ここぞとばかり、大臣たちが勢いこんで声を上げる。

要するに、閨《ねや》で政策が決まるというところが問題なのだ。

「おそらくあの男は、陛下の品位や権威を貶めるつもりなのですよ！」

……そう、なのだろうか？

確かに、アーサーも釈然としないものを感じていた。

リシャールは…、ただ父の権力を利用するためだけに近づいたのだろうか？　だが利用しているというほど、何かをした様子はない。

チリチリ…と頭の隅で何かがこすれあうような、嫌な予感がするのだ。

しかし結局、アーサーにも、大臣たちにも、何ができるというわけではなかった。

父に対する忠告は、アーサーも何度か試みたことはあったが、虫を払うように受け流されただけだ。

アーサーと父との関係は、このところ急速に冷えこんでいた。

リシャールのことが根本にあるのは間違いないにしても、父の進める政策面での意見の対立がより鮮明になってきていた。リシャールに反感を持つ重臣たちがアーサーの側についていることも、父をことさらいらだたせているのだろう。

つまり、王に従う者たちと、アーサーのまわりに集まる者たちとで、派閥ができつつあるということだ。

このままではいずれ、決定的な亀裂を招きかねなかった。

「兄上」

大臣たちが退出したあと、同席して話を聞いていた弟のルースが優しげな容姿に似合わぬ険しい表情で近づいてきた。

「兄上は…、まだリシャールをかばわれるおつもりですかっ？　あのように人前で…、恥ずかしげもなく父上にすり寄っている男をっ？」

アーサーをにらみつけて、叫ぶように詰めよってくる。

異母弟であるルースはアーサーよりも少しばかり内向的で、武道よりは学問に熱心な方だった。まっすぐな性格で、多感な年頃でもあり、それだけに潔癖で、父とリシャールとの淫らな関係が許せないようだ。二人がいる前でも、あからさまに汚らわしい、という表情を隠さない。

リシャールにはずいぶんと懐いていた分、裏切られたという思いもあるのだろう。ルースが生まれた頃からリシャールはこの王宮にいて、ルースにしてみれば本当によい先生であり、もう一人の兄だったのだ。

「姉上も…、リシャールのせいで身体を悪くされたのですよっ。兄上が動いてくださらなければ、この国はどうなるのですかっ!?」

悔しそうに、噛みつくように訴えてくる。

「ルース」

アーサーに言い訳する言葉はなかった。

罪悪感――も、確かにある。

だがそれ以上に、リシャールの狙いがわからなかったのだ。

父とリシャールとの関係は、妹のユリアナにも大きな衝撃だったらしい。

実際、リシャールに対しては淡い恋心を抱いていたようで、しかしこれだけ父との関係が公然のものとなってしまえばさすがに結婚は難しい。自分の夫と父親がそういう関係にあるなどと、考えるだけで耐えがたいはずだ。

失恋という以上のショックでユリアナは体調を崩し、母方の実家がある田舎の館へと静養に移っていた。さすがに父とリシャールのあられもない姿を、目の前で見せつけられるのもつらかったのだろう。

その下のまだ幼い妹たちにしても、以前のようにリシャールが遊んでくれなくなったことで機嫌が悪かったが、やはりまわりの者が気を遣って近づけないようにしているようだ。

「僕は…、絶対にリシャールを許しませんっ！　兄上が何もされないつもりなら、僕がどうにかします！」

それだけたたきつけるように言うと、ルースは荒々しく部屋を出ていった。

「ルース！」

思わず声を上げたが引き止める言葉もなく、アーサーは深いため息をついた。

腹違いとはいえ、今までじゃれあいみたいなケンカ以外はしたことのない、仲のいい兄弟だった。

だが今は、他の兄妹たちにしてもみんな、どこかぎくしゃくとしている。

リシャールの存在は、少なくとも王家の中に不協和音を生じさせていた。さらには、父と古参の重臣たちの間にも。

それが、リシャールの復讐なのだろうか？
父に対する。この国に対する。
そして、自分に対する——。
自分を責めるのはいい。父も責められるべき非はあるのだろう。
だがアーサーには、国を守る義務があったのだ。
このままでいいはずはない。
だが今のアーサーに打つ手がないのも、また事実だった。

3

「ここから出ていけっ、恥知らずがっ！」

ふいに険しく甲高《かんだか》い声が突き刺さるように背中から届き、リシャールはビクッと背筋を震わせた。

陽射しもまぶしく、まだ昼を過ぎたくらいの時刻で、リシャールは王宮の回廊で呼び止められ、貴族の一人と立ち話をしていた時だった。どうやら息子に宮廷での職を与えたいらしい中流の貴族で、まあ、口利きを頼んできたといったところだ。

その糾弾《きゅうだん》が誰に向けられているのかは明らかだったし、その声にも覚えはあった。

ルースだ。

まっすぐにリシャールをにらみつけたままツカツカと近づいてきたルースは、リシャールの前に立ちはだかった。

「殿下……」

思わず、かすれた声がこぼれ落ちる。

まっすぐな、純粋な眼差しだ。ただ怒りと憤りだけを映した。昔は明るい、無邪気な笑顔しか見たことがなかったのに。

ルースの言いたいことはわかるし、気持ちもわかった。だが、ここで引くことはできなかった。

大人の世界は、きれいごとではないのだから。

「今すぐノーザンヒールから出ていけっ！　おまえなどにこれ以上、この国を汚されたくないっ！」

ルースはそう叫ぶと同時に、片手にしていた剣をいきなり抜き放った。どうやら剣技の稽古《けいこ》の帰りにでも行き会ってしまったらしい。

まわりで小さな悲鳴とどよめきが広がり、さらに空気が張りつめた。

侍従や侍女、通りかかった官吏たちのようだったが、みんなどちらをどうしていいのかわからないように、二人を見比べるばかりだ。

皇子であるルースを力ずくで止めることはできず、かといってリシャールをそのままにしておくこともできず、というところだろう。リシャールと話していた貴族も、関わり合いにならないように、あっという間に逃げ出している。

リシャール自身、力ずくでどうこうしていい相手ではない。が、剣を抜いた以上、おとなしく収めることも難しいだろう。

もし自分が傷を負えば、王はルースをどうするだろう……？

そっと唇をなめ、リシャールはとっさに考える。

逆に自分がルースを取り押さえてしまえば、それはそれで、これだけの人間の前で皇子に恥をかかせることにもなる。

難しいところだった。

「おやめなさい、殿下」

と、その時、落ち着いた低い声とともに、スッ…、とリシャールとルースとの間に大きな影が割って入った。

リシャールをかばうように背中を向けたその声に、リシャールはハッとした。

マヌエル・シルベニウス大佐だ。

大柄な後ろ姿にも見覚えはある。短いしっぽのように後ろで髪をまとめ、いくぶんくたびれた、土に汚れた軍服姿だ。

大佐という立場にもかかわらず、今も現場に出ている様子だった。あるいは、軍事訓練にでも参加していたのか。

「大佐…？　そこをどけっ！」

あせったようにルースが声を上げ、剣を握り直す。

と、そこへ奥の階段を駆け上がってくる足音が聞こえ、次いで——。

「ルース！」

厳しい声が廊下に響き渡った。アーサーの声だ。と同時に、廊下の端にその姿が垣間見える。誰かが知らせたのだろうか。

あっ、とルースが振り返った。

ふっと顔を上げたリシャールは——アーサーと目が合った。

アーサーは弟ではなくリシャールを見つめたまま、大股に近づいてくる。

王太子の姿に気づいて、あわててまわりにいた者たちが廊下の端へと引いて頭を下げた。

「兄上っ！　はっきりと兄上からも言ってくださいっ、この恥知らずな男にっ！」

ルースは剣の切っ先をこちらに向けたまま、顔を紅潮させて声を荒らげる。

「ルース、何をする気だっ⁉」

しかしアーサーは、その弟の剣を握る手を手荒につかんだ。

「離してくださいっ！　この男が死ねばすべてが元通りになりますよっ！」

がむしゃらに振りまわされる切っ先がアーサーの上着の片袖をわずかに裂き、リシャールは思わず息をつめる。

興奮して、すでにどこへ向けられているのかもわからないルースの剣から逃れるように、大佐が腕を伸ばしてわずかにリシャールを下がらせた。

「このような場所で剣を振りまわすなどっ。使ってよい場所をわきまえぬ者に剣を手にする資格はない…！」

慎重に剣の先を見きって寸前でかわし、アーサーは強引に剣をもぎ取ると、弟の頬を張り飛ばした。

「兄上……っ」

その勢いで床へ倒れ、愕然としたようにルースが見上げている。

「で、殿下…っ」

あせったように、ルース付きの侍従だろう、男が近づいてルースを助け起こした。

「やはり兄上は…、まだこの男をかばわれるのですかっ⁉」

震える声で、アーサーをにらむようにルースがわめく。

「ルース、そういうことではない」

小さくため息をつき、落ち着かせようとアーサーが手を伸ばすのを見て、リシャールはスッ…と前へ進み出た。

「ルース殿下、私はいつでも出ていくつもりでございますよ。国王陛下のご命令がありましたらね」

わずかに身を屈め、ことさら静かに、淡々と告げる。

ハッしたようにアーサーが振り返った。

あえて微笑んで言ったその言葉は、皮肉ともとられただろう。……いや、皮肉でしかなかったはずだ。

もちろん、王がそれを許すはずはなく、何より王に逆らってルースにそれを強制できる力はないだろう——、と。

つまり、今のルースよりもリシャールの方が権力がある。そして誰もが、それをわかっている。

一瞬、呆然としたようにリシャールを見つめたルースが、悔しげに、憤ったように顔を歪《ゆが》め、拳を握りしめて吐き出すようにわめいた。

「おまえを…、見損なっていたよ、リシャールっ！」

そして目に涙をにじませてリシャールをにらみ、アーサーの手を振り払うようにして走り出した。

「ルース…！」

とっさにその背中を追おうとしたアーサーが、あっと思い出したようにこちらを振り返る。

「……怪我はないか？」

わずかに強ばった声で聞かれ、リシャールは微笑んでみせた。

「ええ。ありがとうございます」

ことさら丁寧に、他人行儀に礼を言う。

わずかに眉をよせたアーサーは、それでもちらっと大佐に視線をやって「あとを頼む」と短く口にすると、急いでルースのあとを追って行った。

その姿が廊下の端に消えてから、ほぅ…、と一気に緊張が解けたように止まっていた人々が動き出した。ちらちらとこちらの様子をうかがいながら、ではあったが。

「シルベニウス大佐、お手数をおかけいたしました」

そんな中で丁重に礼を述べたリシャールに、いや、と大佐が短く返す。

「あなたのためというわけでもありませんからな」

さらりと言われて、そんな物言いにリシャールは知らず笑みをこぼした。

変わらないな…、と思う。剛胆で、不遜で。自分の意志に忠実で。

相手を見てものを言うことをしない。

昔からおもしろい男だった。アーサーも自分も、そのへんの下働きの子供たちや、厩舎や農家で働く子供たちも、みんな一緒くたにまとめて遊ばせ、特に区別しているようでもなかった。

皇子を相手にしているわけではなく、子供を相手にしているわけでもなく。ただまっすぐに相手を見て、同じ目線で付き合うような男なのだ。

出世のできるタイプではないな、と思っていたが、実際、王には疎まれているようだった。

王の絶対的な後ろ盾がある今のリシャールに、こんな口をきいてくる人間は少ない。もちろん腹の中では別だろうが、あからさまに口に出す勇気のある人間は。

政治家としては不向きだが、軍人としては有能で、カリスマ的な人気も人望もある。

この男を、このまま王宮に置いておくとまずいことはわかっていた。危険すぎる。

そう、この男が問題になることは初めからわかっていたのだ。

「リシャール様、少しお時間をよろしいですかな？」

リシャールが考えていると、大佐の方から何気ない様子でそんな言葉を口にした。

おそらくはアーサーに頼まれて、自分から何か聞き出したいのかもしれない。……あるいは、自分の本意を。

アーサーが自分に何か話そうしても、リシャールの方で相手にしていなかったから、大佐くらい年配の、人生経験もある男ならば、と考えたのだろうか。

だが、ちょうどよかった。

「……ええ。私も大佐とお話しできればと思っておりました」

穏やかに微笑んで返したリシャールに、大佐がわずかに怪訝《けげん》そうな表情を見せる。

そんな言葉が返るとは思わなかったのだろう。

「場所をあらためましょうか」

それから数日が過ぎたある夜半――。

「陛下」

何気ない様子でドアを開いて、あっ、と一瞬、リシャールは立ちすくんだ。

中にいたのは王だけでなく、重臣たちが数名、顔をそろえていた。軍の総帥も交じっている。会議中だったのだ。

「これは…、申し訳ございません。お邪魔をしてしまいました」

いっせいに突き刺さった険しい視線に、リシャールはいかにも申し訳なさそうに頭を下げる。が、この時刻、ここで王が重臣たちと会議をしていたのはわかっていた。その内容についても、だ。ニナから連絡を受け、狙って足を踏み入れたのだ。

「かまわぬ。ここへ、リシャール」

いくぶん難しい顔をしていた王が、機嫌よくリシャールをそばへ呼び寄せる。

他の重臣たちはいかにも不服そうな表情を見せたが、ことさら王に意見する者はいなかった。いくつかとってつけたような咳払いが響いたくらいだ。

「どうした？　待ちくたびれたか？」

片腕にリシャールを抱きこむようにして、王がにやりと尋ねた。

「なかなか…、今夜はおいでがございませんでしたので」

「我慢できなかったのか？」

「今夜は…、欲しくてたまらなくて……」

リシャールは少し甘えるように身体をすり寄せ、そっと男の耳元でささやいてみせる。

そんなあからさまな様子に重臣たちの怒りと侮蔑の眼差しが突き刺さったが、王は機嫌よく喉を鳴らした。

「あとはこの問題さえ片付けば、すぐにでもこのような会議は終わらせられるのだがな」

そしていくぶんめんどくさそうに手元の書類を指で弾く。

「やっかいな問題なのですか？」

「シルベニウスの配置がな…」

さりげなく聞いたリシャールに、王が肩をすくめる。

そう。軍の配置や将校の配属が議題だったのだ。

ああ…、とリシャールは小さなため息をついた。

「あの方ですか。少し…、目障りではありますね。アーサーの剣の師匠でしょう？」

「ふん…、そういえば、アーサーは懐いていたようだな」

思い出したように、王が肩をすくめる。

「先日、意見されました。その…、わたくしが陛下に馴れ馴れしすぎると」

「あの男が？　ずいぶん不遜なことだな」

さらりと口にしたリシャールに、王が不機嫌に顔をしかめた。そして勘ぐるように、リシャールの表情をうかがってくる。

「もしや、あの男はおまえに……？」

「いえ、そういうことではないと思いますが…」

曖昧に目を伏せ、リシャールは笑ってみせた。

このところ、王は妙に嫉妬深くなっている。が、リシャールにとっては悪い傾向ではない。

「いずれにしても、陛下が悩まれるようなこととは思えません。大佐は西の辺境へでも放り出しておけばいいでしょう？　……それよりも、どうか早く……、陛下」

吐息だけで、リシャールは最後を小さくささやく。片手を男の足から中心へと動かし、手の中で男を撫でさする。

「早く…、くださいませ……」

「困ったやつだな」

しなだれかかるリシャールの身体を抱き寄せ、顎をつかむようにして楽しげに見下ろすと、王がまんざらでもなさそうに笑った。

「そうだな。大佐は西の国境へ動かすことにしようか」

そして重臣たちに向き直って声を張る。

「し、しかしそれでは左遷ということに…。大佐には功績もありますし」

「さよう。大佐には慕う部下も多くおりますから、軍の中に不満も出ましょう。王宮でなくとも、王都の守りにでもつかせるのはいかがかと…」

いくぶんためらいがちにもそんな意見がいくつか飛んだが、王はかまわなかった。

「左遷ではない。単なる配置転換に過ぎぬ。西の辺境は軍備の強化も必要な場所だからな。そのように辞令を出せ」

王にそう言い切られると、いかにも不承不承ではあったが、は…、とかしこまって重臣たちが頭を下げる。

「では、本日はこれまでに」

王が会議を打ち切ると、リシャールの腰を抱き寄せた。

「さあ…、たっぷりと可愛がってやろう」

リシャールの耳を甘嚙みし、耳元でねっとりと言葉が落とされる。

「あぁ…、陛下…、もう……待てません」

男の腕の中に身体を委ね、リシャールは濡れた眼差しで男を見上げた。

憎々しげないくつもの視線が、背中を貫いていた——。

4

ルースが騒ぎを起こした時、リシャールが大佐と何か話しているところはアーサーもちらっと目にしていた。

そしてその後も何度か、二人の姿を見かけたことはあった。裏庭の東屋や、人目の少ない廊下の端や。

リシャールと父との関係が公然のものとなってから、アーサーは大佐との間でリシャールのことをあえて話題にすることはなく、大佐の方でもリシャールについてことさら批判めいたことは口にしなかった。

だが気にしていたのは確かだろう。昔のリシャールを知っている大佐にしても、やはりリシャールの態度はどこか違和感を覚えただろうし、アーサーが抱えているいらだちや困惑やあせりや…、そんなものも理解していたに違いなかった。

大佐相手ならば、リシャールが自分の思いを打ち明けることもあるだろうか、と期待していなかったとは言わない。

だが、その期待は完全に裏切られた。

「シャール！」

この日、アーサーはほとんど待ち伏せるようにしてリシャールをつかまえた。

夜でもなく、真っ昼間の廊下で、図書室の帰りという人目もある時間と場所だったが、仕方がない。リシャールはほとんどの時間を王のそばか、自分の部屋で過ごしていたから、それ以外で話せるとしたら、こんな機会しかなかったのだ。

背中に声をかけたが、聞こえないふりで足を止める気配のないリシャールの肩を、追いかけたアーサーは強引につかんで振り向かせる。

それにようやく立ち止まったリシャールが、いかにもなため息をついてみせた。

「やめた方がいいんじゃないのか？　こんなところで私にかまうと、王太子殿下までたぶらかされたのかと言われるぞ。……ほら、みんなが見ている」

実際、勢い余って壁に身体を押しつけるような体勢になっており、通りかかる者たちも見てはいけないものを見るような目で、視線を向けないようにしながらも好奇心いっぱいに、こっそりと二人を眺めていく。

しかしアーサーは、まっすぐにリシャールを見つめてぴしゃりと言った。

「そんなことは問題じゃない。シャール、おまえの本心が聞きたい」

「本心？」

一瞬、リシャールが目をすがめた。

「そうだ。おまえ、何を考えている？　俺への……、復讐のつもりか？」

しかし絞り出すようにして尋ねたアーサーに、リシャールはするりと視線をそらし、ふっと肩を揺らすようにして小さく笑い出す。

「復讐されるようなことをした覚えでもあるのか？」

一瞬息を吸いこみ、アーサーはようやくかすれた声を押し出した。

「あるから聞いている」

「あいにく、私に覚えはないな」

「シャール…！」

淡々と言われ、とっさにアーサーはリシャールの手首をつかむ。

わかっているはずだった。アーサーが何のことを言っているのか。

「では、はっきりと言おうか」

小さく首を振り、リシャールがため息混じりに口を開いた。

「あの程度のことで復讐などとバカバカしい…。そのような甘い考えだから、おまえを見限ったんだよ、アーサー」

「あの程度のこと……、なのか……？」

アーサーは思わず、押し殺すように息をつめる。

あれからすでに一年近くがたっていた。それでもまだ、あの時のことは心に刺さっている。自分の罪として。何度も繰り返し、後悔した。今もだ。

……思い出すたび、熱くなる自分の身体を持て余して。

だがリシャールにとっては、本当にたわいもない戯れだったのだろうか？

「おまえ、本気であんなつまらないことにこだわっているのか？　やはりおまえと陛下では器が違うようだな。陛下を選んで正解だったというわけだ」

かすかに笑うように言われて、アーサーは思わずリシャールをにらみつける。

つまり、リシャールは自分と父とを天秤《てんびん》にかけて比べていたということだろうか？　どちらにつくかを？

「おまえは父に…、何をさせるつもりだ……？」

低く、必死に感情を殺して尋ねる。

リシャールは穏やかな声で、平然と答えた。

「王はこの北方全土を平定できる方だ。私も、その陛下のそばで思いきり自分の力を試してみたいと思っている。北方が一つの帝国となるのをこの目で見てみたいし、……陛下が皇帝となられれば、私にどれだけの権力が手に入ると思う？　フェルマスや、今のノーザンヒールを超える領地が、私の思うままになるだろうな」

美しく、妖艶な笑みでアーサーを見つめてくる。

北方を一つの帝国に――？

「リシャール…！」

思ってもいなかったことに、ザッ…と全身に鳥肌が立った。

「今でさえ、陛下のもとで事実上の帝国ではある。が、それを名実ともにしようというだけだ」

こともなげにリシャールは言ったが、つまりそれは戦争になるということだ。

確かに、今のノーザンヒールの力をもってすれば、同盟国の多くが否応なくノーザンヒールに従わざるを得ないのかもしれない。いち早く賛同して、帝国の中での地位を築こうとする国もあるだろう。が、やはり自主独立を貫こうとする国も多いはずだ。

さらに、現在、同盟国の下で完全に支配されているかつての敗戦国の中からも、それに乗じて決起する残党たちが出ることは予想できる。かなり混乱し、多くの血が流れることは間違いない。

「おまえが…、それを望んでいるのか？」

「望まない者がいるのか？」

感情をなくした声で尋ねたアーサーに、リシャールがさらりと返した。

「おまえがそんなことを望んでいるとは思わなかったな…」

あまりに予想外の答えに、愕然とアーサーは言葉をもらす。

とても考えられなかった。少なくとも以前は、そんな大きな野心を抱くような性格ではなかった。

「おもしろいと思わないか？　これだけの規模の人も金も……命さえも、駒のように自由に動かして、自分の望む結果を導く。贅沢なゲームだ」

「ゲームか…」

アーサーは低くつぶやいた。

胸の内で、何か重いものが沈んでいくような気がした。

「大佐のことも…、そのゲームの駒の一つだったのか？」

強ばった声で、低く問う。

生え抜きの名将であるマヌエル・シルベニウス大佐が王都の警備から外され、辺境へ飛ばされたのは、一週間ほど前のことだ。

あまりにも突然で、何の前触れもなく、アーサーが知った時にはすでに大佐は都を去ったあとだった。そのため、別れを告げる間もなく、処分の理由を本人から聞くことすらもできなかったのだ。

驚くしかなかった。だがその直前に、リシャールと話している姿を見ていたことで、何か悪い予感もしていた。

案の定、表向きは手薄な辺境への単なる配置換えということだったが、リシャールに色目を使ったことが原因だと、陰でささやかれていた。

しかし、まさか…、とアーサーは思った。

確かに大佐は、女については豪快なところがあったが、リシャールに対してそういう素振りはまったくなかったはずだ。父にしても、そんな噂を真に受けたとは思えなかったが…、しかしほとんど正反対の性格といえる大佐と、父は馬が合っていたようでもなかったから、もしかするとちょうどいい厄介払いだと考えたのかもしれない。

大佐が、王やリシャールのやり方に批判的だったことで煙たがられたのではないか、と言う者もあり、実際、大佐に政務についての決定権はなかったが、多くの兵が大佐に同調するだろうことを考えれば、いささか扱いづらかったのかもしれない。

しかし王都の守りの責任者であった大佐が異動し、さらに大佐に心酔する若い兵士たちもかなりの数、志願して辺境へ移ったこともあって、王都の警備体制には相当な変更があったようだ。

アーサーの問いに、リシャールがふっ…と唇で笑う。

「そうだな。大佐は…、おもしろい駒だったよ。陛下を妬《や》かせるのにちょうどよかった」

「妬かせる……？」

一瞬、意味がわからず、アーサーはただとまどって繰り返した。

「同い年だからな、陛下と大佐とは。愛人の浮気相手が若い男なら、まだ自分に言い訳はできる。年が違うからな、と。だが同い年の男になびかれるのはさすがに悔しいだろう？　そろそろ刺激が必要な時期だったからな」

「おまえ、まさか……、おまえが誘ったというのかっ？」

愕然とアーサーは聞き返す。

そしてわざと父にそのことをほのめかし、大佐を遠くへ追いやったと？

リシャールは返事の代わりに小さく微笑んだだけだった。

「だが、大佐などさして重要な駒ではない。これから陛下や私が進んでいく未来のためには、目障りだったということだ」

さらりと言ったリシャールの目をじっと見つめ、アーサーは無意識に手を伸ばした。

いまだ、信じられない思いで。

「おまえは……、本当に変わったのか……？」

指先でそっと白い頬に触れ、かすれた声が、問うわけでもなく、本当に唇からこぼれ落ちる。

「おかしなやつだな。おまえが反対するようなことではないと思うが？　いずれ、おまえのものになる帝国だ」

その手を軽く払い、肩をすくめるようにしてリシャールがあっさりと言った。

「……いや、そうはならないだろう」

息を吸いこみ、ようやくそれだけを言うと、アーサーは静かに身体を離した。

確かに、帝国のように強大な、まとまった力が必要な場合もある。たとえば、大きな外敵でもあれば。それはアーサーにもわかっている。

だが今のノーザンヒールで、この北方地帯で、それが必要だとは思えなかった。

「俺の中で…、俺の罪が消えることはない。だがシャール、おまえとは道が分かれたということだな」

静かに言ったアーサーに、リシャールがふっと、微笑んだ気がした。

嘲笑……だったのか。何を偉そうに、とでもいう。

「おまえは…、おまえが思う道を進めばいいだけだ。……私もそうしている」

揺らぎのない、まっすぐな眼差しだった。

あの時と同じ。そう…、皮肉にもかつてのリシャールと同じ、芯の強さだ。

そのことに、アーサーは絶望にも、痛みにも似た苦い思いが胸に突き上げてくる。

帝国を築くということは、今の多くの国を直接的な支配下に置くことを意味する。

リシャールは、支配される立場の痛みを知っている人間だと思っていた。

だが……支配される側ではなく、支配する側に立つことにしたのか。

『おまえの信じる道を行き……おまえが変えろ』

かつて、リシャールは自分にそう言った。

あの時は、同じ未来を見ていたはずだった。……そう思っていた。

——自分が失望させたのだろうか？

去っていく男の背中を、もう呼び止めることもできずにアーサーはただじっと見つめるしかなかった。

アーサーに絶望し、リシャールは自分の手で未来を作るつもりなのか。

父を動かすことで？

だがそのやり方を、アーサーは認めることはできなかった。


そして、およそひと月後。

アーサーに遠征の命令が下ったのだ——。

5

小規模な内乱は、これまでも時折、起こっていた。

主に先の戦争で敗戦し、現在は各国に併合されている国があった地域である。とりわけ、アレンダールと呼ばれる一帯だ。

かつてはアレンダールという「国」があった場所――。

三十年ほど前の、このニアージュ地方を二分する戦争で、ノーザンヒールの同盟軍とは敵対した連合軍の中心となった国である。

現在は、その領土のおよそ半分が同盟国であるロードベルに併合されていた。

もちろん内乱が起きた場合、現在、領土としている国が平定にあたるのが基本になる。が、アレンダールの場合、もともとの領土が広く、あとの半分ほどは周辺のいくつかの国で分割されていた。

飛び地として、ノーザンヒールの直轄領となっている地域もある。外洋に面した港を含むあたりで、ノーザンヒールが交易の利権をがっちりと手にしている、ということだ。

アレンダールでは、以前より小さな反乱が頻発しており、現在の君主であるロードベルの王としても苦慮しているところではあったのだろう。

ノーザンヒールとしては、今までそれに対して特に口を出してはいなかった。

ロードベルはニアージュ地方の東域では現在、もっとも国力があり、同盟国とはいえ、あまり増長させたくはない。そのため、反乱軍の鎮圧に労力を割いていれば、その分、国力の肥大化を抑えられる。そんな狙いもあったのだろう。

だが今回、王はアーサーを司令官に任命し、一軍を派遣したのである。

表向きは、アレンダールにある直轄領へ反乱軍が迫ったためであり、わざわざ世継ぎである息子を行かせるのは、このあたりで武勲を立てさせたい親心だろう、とも受けとめられていた。

むろん命の危険はあることで、それをおしても、というところに、ノーザンヒール王家としての自負と責任がある――、と。

だがリシャールから見れば、王はアーサーの能力を測ろうとしているようにも思えた。才覚もあり、武勇に優れ、廷臣や国民からの人気も高い息子の。

……悪く考えれば、むしろアーサーの経歴にケチをつけたいのではないか、という気もした。

アーサーの人気の高さは、本来父親としては喜ばしいはずだが、やはり男として、王位を守る者としては複雑な思いがあるようだ。

息子の名誉の戦死を願っていたとまでは思わないが、そうなったとしても問題はない、というくらいの冷酷さはあるように思えた。

そして、あるいは……嫉妬も。

王がアーサーを出陣させる少し前、図書室のあたりでリシャールがアーサーと話していたことが、誰かの注進で王の耳に入ったようだった。

その夜は執拗に、王にそのことを問い詰められたものだ。

「シルベニウス大佐のことを聞かれただけですよ」

と、リシャールはさらりと弁明したが。それが事実でもある。

王が、アーサーの遠征を決定したと聞いた時には、リシャールもさすがに驚いた。事前の相談や、ほのめかすことさえなかった。

が、リシャールが何か口を出せる立場にはなかったし、……むしろ、リシャールにとってもアーサーの目がない分、やりやすくなったとも言える。

積極的ではなかったものの、アーサーも父の命令に逆らうことはなく、反乱の鎮圧に向けて旅立った。

副官には気心の知れたレイモンを指名していた。

本当ならば、シルベニウス大佐がいれば心強かっただろうと思うが、あいにく、大佐が派遣されていた方向とはかなり離れていた。

王太子の初陣に、重臣たちの多くは心配もしていたようだが、国民たちは熱狂していた。

アーサーの率いる軍がノーザンヒール領である飛び地へ到着するまでには、もちろん多くの国や地域を抜けなければならず、それまでにもかつてのアレンダールの土地は通過する。ふいをついた襲撃や暗殺の恐れは常にあるし、ようやく目的地に到着したからといって、うかつに兵を展開させることもできない。表向きは友好国であり、同盟国であるとはいえ、ロードベルも膝元で他国の兵が大きな顔をするのは快く思わないだろう。

戦況については定期的に王宮へ報告が届いていたが、ロードベルをはじめ、周辺の王家と政治的な駆け引きをしつつも、実際に抑圧されたアレンダールの兵士たちの必死の抵抗はやはり大きなものがあり、アーサーとしてもかなり苦心したのだろうと思う。

それでも、もっとも大きかった反乱軍の鎮圧に成功し、アーサーが王都へ凱旋《がいせん》したのは、十カ月ほどもたってからだった。

「うれしいか？　アーサーが無事に帰ってきて」

アーサーの入城の先触れがあったこの日、王宮は朝から歓喜に包まれ、そわそわと落ち着かない空気の中、窓際に立っていたリシャールの背中から王が声をかけてきた。

いくぶん皮肉めいた口調だ。

「それは…、もちろん、なによりだと存じますが」

落ち着いてリシャールが返したとたん、背中からまわってきた男の腕が、強引にリシャールの腰を引きよせた。

片方の指が顎をつかみ、人差し指が唇を割ってねじこまれ、くわえさせられる。

「今から乗り換えようなどと思っているわけではあるまいな…？」

ねっとりと低い声が耳元で落ちた。からかうような調子で、しかしどこか押し殺した緊張をはらんでいる。

リシャールは目を閉じて、そっとその指に舌を絡め、丹念になめ上げた。

「ふふ…、指ではもの足りまいが……」

それを悦ぶように、男の指がリシャールの口の中をたっぷりとかきまわしてから抜きとる。

「あ…っ…」

もの欲しげな声がこぼれ落ちたのに、王が低く笑い、リシャールの身体をまわして壁際へと背中を追いつめる。そして顎を押さえこみ、唇を重ねてきた。

逆らわず、リシャールはそれを受け入れる。いや、むしろリシャールの方からもこらえきれないように腕を伸ばし、男の肩にしがみついた。

舌が絡み合い、息苦しくなるまで求めてから、ようやく離す。

そしてリシャールは男の耳元でささやくように言った。

「アーサーは…、しょせん陛下の駒に過ぎません。陛下がもう戦場へ出ることはないでしょうし、その必要もないのです」

うん？　といくぶんうかがうように、王がリシャールの身体をわずかに離した。

それに、リシャールは艶《あで》やかに微笑んでみせる。

「陛下にとって、よい手駒ができたとお考えください。どのような駒も使いようです。配置さえ間違えなければ、役に立たぬものはありませんから」

そんなリシャールをわずかに目をすがめて眺め、王が小さく唇を歪めるようにして笑った。

「恐ろしい男だな…」

「アーサーがどれほど武勲を立てようとも、結局は陛下の手の中にいるのです」

言いながら、リシャールの手は男の下肢を探り、服の間に指を差し入れた。

「ますます…、おまえをアーサーには渡せんな」

リシャールの長い指に自分のモノを押しつけるようにしながら、王がわずかにかすれた声で口にする。

「アーサーが戦に出るのはかまいませんが、陛下が出られるのであれば……私は、何があってもお止めいたしますから」

リシャールは手を動かし、巧みに男のモノをこすり上げながら、頬を男の喉元にこすりつけるようにして言った。

「ずいぶんと可愛いことを言うではないか…。何が望みだ？」

リシャールの髪を指に絡めて引きよせるようにしながら、男が低く笑う。

「私の望みは……よくご存じでございましょう……」

答えながら、リシャールは手の中の男を愛撫する。

「ふむ…。アレの凱旋式典の間中、私の種をおまえの中に入れっぱなしにしておくのも一興か……」

つぶやくように言ったかと思うと、男の手がリシャールの身体を壁際に突き放し、片手で衣装の裾を払った。

「ああ…っ、そんな……」

恥ずかしく中心がさらけ出され、男の手が無造作にリシャールの中心を、そしてさらに奥を暴き立てていく。片足を男の腰に引っかけるような恥ずかしい格好で、男の指に後ろの襞を性急になぶられながら、リシャールはこらえきれないように身をよじった。

「あぁぁ……っ」

甘い声がこぼれ落ちたその時、ふいに開いた扉の向こうから若い男が呼びかけてくる。

部屋の中の二人の姿に、一瞬、息を呑んだが、平静な顔のまま静かに言った。

「……陛下。そろそろ広間にお越しいただきたいと侍従長が」

いつも王についている警護の男だ。それだけに、こんな光景は見慣れているのだろう。

実際、この男は初めての時、全裸のリシャールを押さえこみ、王の手助けをした一人だ。

ねっとりとなめるような眼差しが、恥ずかしく乱れた姿を見つめてくる。

その視線を感じながら、リシャールは喉をのけぞらせ、薄く唇を開いてあえいだ。

王は急《せ》くようにリシャールの身体をひっくり返した。壁に手をつかせ、尻を突き出させる。

「……ああ。すぐに行く」

振り返らないままにいくぶんかすれた声で答えながら、リシャールの中に自分のモノを突き立てた——。

◇　◇

ひさしぶりに故国へ足を踏み入れ、アーサーにしてもようやく帰ってこられたか…、という安堵とともに、少しばかり緊張も覚えていた。

初めての遠征だった。十カ月、というのが長かったのか、短かったのかもわからないが、これまでに経験したことのない毎日だった。

自分の命の危険がある、というだけでなく、率いている兵たちの命を預かる責任の重さ。それを背負いながら、日々の判断を下す必要があった。

右か左か、目の前にあるどちらの道を進むかというほんの些細《ささい》なことですら、選択するのにこれほどの迷いが出るのだと身に染みて実感した。

情報を集め、土地の人間の話を聞き、状況を判断し、敵の能力や動きを予測して。本当に、さまざまな要素が複雑に絡み合っている。

反乱軍の鎮圧に王太子が派遣されたという噂はあっという間に全土に広がっており、それだけに命の危険も増していた。

暗殺や誘拐の恐れは常につきまとい、野営の時はもちろん、立ち寄った地方領主の館にいてさえ、夜も神経は張りつめていた。実際に、山岳地帯や森の中では奇襲を受けたことがいくどかあった。

この遠征で王より命令されたことはただ一つ、反乱軍を鎮圧すること、それだけだ。

しかし行動する土地の大半がノーザンヒール領ではなく、うかつに他国で軍を展開させるとその国の王家や軍を刺激することになる。面子《メンツ》の問題もあるだろうし、他に狙いがあるのではないかと勘ぐられかねない。

アーサーとしてもそれは本意ではなかったので、訪れた国の王族や領主とはしっかりと対話する時間をとるようにしていた。

ノーザンヒールの王太子の訪問を歓迎してくれる王や領主もいたが——少なくとも表向きはどの国でも歓待されていたが、やはり内心では違うのだと、ひしひしと肌で感じることになった。

友好的な関係を続けているとはいえ、ノーザンヒールの——オーガスティン王の専横的なやり方を、決して快くは思っていないのだろう。

そして「反乱軍」とされている者たちも、かつての戦争で祖国を失った兵士たちが中心だった。かれらにとっても、故郷を取りもどすための戦いなのだ。

それを思うと、自分たちが生き延びることが先決だったにせよ、相手を無駄死にはさせたくなかった。

だから、襲撃された場合はともかく、アーサーはできるだけ交戦を避け、慎重に動くようにしていた。場合によっては「討ち果たす」というよりは、「捕虜にする」ことを前提に。粘り強く、アーサー自身が降伏をうながして交渉したこともある。

おそらく戦果だけを求めるのであれば、もっと手早く、強引なやり方もあったはずだが。

毎日が実戦であり、政治的な外交の駆け引きであり、統率力や判断力を試される場になった。肉体的にも、精神的にも追いつめられることがあり、やはりこれまでの生活がどれだけ恵まれていたのかを思い知った。

そして、どれだけ自分が何も知らなかったのかも。

無事に帰還できたことは素直にうれしかったが、それさえも、アーサーをかばって重傷を負い、命を落とした兵士たちの犠牲の上にある。

華やかな王宮をひさしぶりに目の当たりにし、ようやく夢から覚めたような、――あるいは夢の中にもどってきたかのような現実感のなさに襲われた。

戦いの場から生還し、しかしここも別の意味での戦いの場なのだと、アーサーはふっと腹に力を入れ直す。

あるいはここでの方が、より難しい決断を迫られることになるのかもしれない。

王都に入ったあたりから沿道で大きな歓呼の声に迎えられ、入城してからも盛大な出迎えを受けた。凱旋祝いの宴席なども用意されているらしい。

とはいえ、まずは王への報告の儀式がある。

まっすぐに入った王宮の広間には、すでに溢れんばかりの人が押しよせていた。重臣たちはもちろん、執務官などの官吏たち。宮中にいた多くの兵たち。

アーサーが足を踏み入れたとたん、自然と大きな拍手が湧き起こった。

その中を、ゆっくりとアーサーは進んでいく。

正面の、三段上がったところに設えられた玉座に、父のオーガスティンがゆったりと腰を下ろしていた。段の下のすぐ左脇にルースの姿が見え、今にも飛び出してきそうに全身で喜びを表している。

そして――反対にあたる右側には、リシャールが静かに立っていた。

一瞬、息を吸いこみ、それでもふっと、怪訝に思った。

そう…、なぜ、その位置にリシャールがいるのか。

リシャールのまわりにいるのは大臣をはじめ、他の重臣たちで、客である皇子たちの姿はない。そもそも、他国の皇子たちがわざわざこんな場に顔を見せる必要もないのだ。

リシャールがいること自体、少しばかり違和感があるのだが、もしかすると父に命じられたのだろうか？

だが、今はそれを問いただすような場でもない。

父の前にピシリと立って、アーサーは「反乱軍を鎮圧し、ただいま帰還いたしました」——という型通りの報告をする。

「よく無事に帰ってきたな」

それに王は淡々と落ち着いて返した。

やはりまわりとは違って浮かれることなく、威厳のある姿だ。

「ご苦労だった。だが、ずいぶんと時間がかかったようだな」

「申し訳ございません」

ねぎらいとともにさらりとつけ足した父の言葉に、アーサーは特に反論することもなく、軽く頭を下げる。

初陣を飾った息子が浮かれすぎないように、という親心であえて厳しく、というより、やはり少しばかり釘《くぎ》を刺されているような気がした。実際、父が自分をいささか煙たがっていることは感じていた。

あるいは父としては、少しくらい不手際があってくれた方がよかったのかもしれない。アーサーも完璧ではなく、まだ経験の足りない若造だと言えるように。

「それで、首謀者の首はとったのか？」

冷ややかに尋ねた王に、いいえ、とアーサーが首を振る。

「捕らえましたが、場所がノーザンヒール領内ではございませんでしたので。事前に周辺各国の王と、その領内で捕らえた場合は引き渡すという盟約を結んでおりました」

静かに、しかしきっぱりと答えたアーサーに、王がわずかに目をすがめた。

「おまえが、そのような約束を勝手に交わしたというのか？」

感情の失せた冷ややかな声に、一瞬、広間に緊張が走る。

「はい。同盟諸国といらぬ騒ぎを起こすことは得策ではないと判断いたしました。それぞれの王や領主の面子を立てることも必要でしょう」

まっすぐに父を見返し、アーサーは落ち着いて答えた。

一歩も引く様子がなく、動揺や迷いもないその言葉に、一瞬、王が口をつぐむ。わずかににらむように、その眼差しが鋭くアーサーを見つめた。

叱責《しっせき》があるかとも覚悟していたが、さすがにアーサーを讃《たた》えることを目的に集まった人間たちの中で、公然とその主役を非難するのは反感を買う恐れがあると悟ったのだろう。そのくらいの計算ができない父ではない。

声を荒げることなく、ただピシャリと冷静に言った。

「捕らえるという感覚自体が手ぬるいな。その場で首をはねるくらいの気概が欲しいものだが。反乱などとふざけた手合いには、見せしめも必要だろう。今後、愚かな行為を繰り返させぬためにもな」

その考えも、確かに間違ってはいないのかもしれない。強く、説得力のある指摘は、さすがに臣下たちを納得させるにも十分だ。

「だがまあ、初陣であれば致し方あるまい」

そしてさらりと続けられた言葉に、ホッとしたように広間の空気が緩んだ。

どちらが正しいということではない。やり方の違いなのだ。

「しばらくはゆっくりと身体を休めることだ」

父親らしい、と言えるそんな言葉に、ありがとうございます、と頭を下げてアーサーが礼を口にする。

と同時に、王が立ち上がって大きく声を響かせた。

「さあ、今宵《こよい》はアーサーの帰還を祝う宴じゃ！　存分に楽しむがよい！」

その声に広間が湧き、王の退出とともにアーサーのもとにはいっせいにまわりの人間が詰めかけ、口々に祝辞を述べた。

反射的にアーサーの視線はリシャールを追ったが、王にともなって広間を退出する後ろ姿が見えただけだ。

「兄上！」

そして祝賀ムードの中で、ルースが真っ先にアーサーに駆けよってくる。

「無事のご帰還、なによりでした」

喜びと安堵をにじませて言った弟の肩をたたき、ああ、とアーサーは大きく微笑んでみせる。

十五歳と伸び盛りの弟は、少し見ない間にずいぶんと背丈も伸ばしたようだ。

いったん部屋へ着替えにもどったアーサーに、ルースが離れがたいようについてきて、留守の間の出来事を語っていた。

「ずいぶんと剣も上達したのですよ。一度、兄上と手合わせをお願いしたいですね」

自信ありげな笑みで、声を弾ませて言った弟に、アーサーもうなずく。

「楽しみだな。妹たちの面倒もみてやっていたのか？」

「もちろんです」

まだ幼い下の妹たちには、当然、王室の教師や侍女たちが世話係についているわけだが、それでもアーサーはたまに遊び相手になってやっていた。近くの湖あたりまで遠乗りに連れ出したり、物語を読んでやったりだ。いない間は、ルースにそんなことも頼んでいた。

「……ユリアナは？　変わりはないか？」

そして一瞬、ためらってから、強いて何気ないように尋ねてみる。

アーサーのすぐ下の妹、ルースからは姉にあたるユリアナ皇女は、しばらく前から王宮を離れ、田舎の館で静養していたのだ。

「はい。相変わらず…、こちらにもどられる気はないようですね。あの男の顔を見たくはないでしょうから」

わずかに顔をしかめて、ルースが吐き捨てるように答えた。

その元凶がいなくならない限り——、だろう。

アーサーはそっとため息をついて、それでも言葉にした。

「ルース、そういえばさっきは、リシャールも広間に来ていたようだな」

楽しい話題ではないが、避けては通れない。アーサーにしても、いなかった間のことは把握しておく必要があった。

ああ…、とルースがうんざりしたような息を吐き出した。

「父上はリシャールを第一補佐官として取り立て、ノーザンヒールの爵位を与えたのですよ。リシャールはすでにフェルマスの王位継承権を放棄しているようですから。今はローゼンベリー侯爵を名乗っています。……本格的にこの国に居すわるつもりのようですね」

「なるほどな…」

思わずアーサーはつぶやいた。

つまり、すでに「客」ではなく、ノーザンヒール国王の忠実な臣下という立場になったわけだ。そして、事実上の「公妾」に。

実質的に、ノーザンヒールの政治に関わるようになった。閨の中で王に助言するだけでなく。

この国で、宮中で、リシャールの発言力、存在感もそれだけ増しているのだろう。

すでに誰も無視できないほどに。

——リシャールが何を狙っているのか。

アーサーはそっと目を閉じた。

リシャールへの罪は死ぬまで負う。
だが同時に、自分にはこの国を守る責任があった。
そのためにも、それを見極める必要があった――。

6

凱旋報告に同席させたのは、やはり王としてはリシャールの表情が見たかったのだろう、と思う。

かつて、アーサーに思いを寄せていたリシャールを、王は無理やりに奪った。

アーサーから、というわけではなかったが、王にしてみればリシャールの気持ちを自分に向けさせることができれば、息子に勝ったような気がしたのかもしれない。

そしていったん手に入れると、今度は逆に奪われることを恐れ始める。と同時に、さらに執着する。あるいはそれは、男としての自尊心の問題なのかもしれなかったが。

実際に恐れてもいたのだろう。アーサーの評価や人気が高まるにつれ、自分の影響力や存在感が失われることを。

アーサーを戦地へ送ったのは、そんな不安の表れだった。

反乱の鎮圧というのは、成功したとしてもさほど大きな功績になるわけでなく、手こずるようなら、そこでアーサーの能力に疑問符をつけることもできる。

だがこの遠征は、アーサーの武勇だけでなく、外交力も示すことになった。

アーサーが遠征中に立ち寄った国からも、折に触れて使節はノーザンヒールへと訪れる。そんな際に、誰もがアーサーの率直で驕《おご》ることのない人柄や、公明な考え、そしてできるだけ双方の犠牲を抑えようという戦略に感銘を受けたことを伝えていた。宗主国の王に対する追従《ついじゅう》というだけではないはずだ。

王としては、内心おもしろくはなかっただろうが、表面的には息子の成長を喜んでみせていた。

十カ月――だったが、実際に帰ってきたアーサーはひとまわりも大きくなったような気がした。

身体だけでなく、顔つきにも精悍《せいかん》さが増し、何不自由のない王宮ではなく、野で兵たちと生活をともにし、各国の王家と真っ向から政治的なやりとりをする中で、人間的にも成長したのだろう。

多くの歓呼に出迎えられ、まっすぐに、堂々と王の前に進み出る態度にも、静かな自信がにじみ出ていた。

王になる男だ――、と、あらためてリシャールも思う。今のオーガスティン王が無意識にも不安を覚えるのは無理もない。

アーサーが帰国してのち、一度だけ、二人になる時間があった。

偶然、だったのだろう。おたがいに感傷だったのかもしれない。

リシャールはアーサーが遠征に出てから、かつてよく行っていた裏庭の東屋でまた少し時を過ごすようになっていた。アーサーがいなければ、顔を合わせる心配もない。

それが癖になっていたようで、帰国してしばらくした時、うっかりそこで出会ってしまったのだ。

アーサー自身、リシャールがいると思って来たわけではなかったらしく、リシャールの姿を見たとたん、驚いたように立ち止まった。

「シャール…」

つぶやくように声にする。

その姿を間近に見た瞬間、ドクッ…、とリシャールも、自分の心臓の音が耳に響くようだった。肌がいっせいに粟立つように震える。

ひさしぶりに、これほどそばにアーサーを感じ、あらためてその成長ぶりにも驚いた。同い年で成長というのもおかしいが、やはり昔肩を並べていた男は、すでに頭一つ分もリシャールより高くなっている。腕の太さや身体の厚みなどは比べものにならない。

「アーサーか…。無事に帰還できてなによりだったな」

リシャールはそっと唾を呑み、ようやく何気ない言葉を口にした。

ああ…、とアーサーがわずかに目を伏せて答える。それでも、何かを吹っ切ったようにまっすぐに顔を上げて見つめてきた。

しっかりと、自分の罪と向き合おうとするように。

「おまえは…、父の補佐官になったそうだな」

静かな言葉に、リシャールは穏やかにうなずいてみせる。

「ああ。陛下のお役に立てればと思ってね」

いかにも白々《しらじら》しく聞こえただろう。結局のところ、「愛人」なのだ。

「故国の…、フェルマスの王位継承権を捨ててまでか？」

非難するような、というわけではない。淡々と、ただ事実を確かめるような問い。

それにリシャールは薄く笑った。

「フェルマスのような小国は、ほうっておいてもそのうちにノーザンヒールに吸収される。だとすれば、今のうちにこちらで地盤を固めておく方が賢いと思うが？」

アーサーがいくぶんうかがうように眉をよせる。

「おまえは…、そうさせないようにずっと考えていたのだと思ったが」

「現実的な選択をしただけだよ」

髪を払うようにしてさらりと言うと、リシャールはアーサーに背を向け、王宮に向かって歩き出した。

「リシャール……！」

それをいくぶん切迫したアーサーの声が呼び止める。立ち止まったリシャールの背中をじっと見つめたまま、アーサーが押し殺した声で尋ねてきた。

「この国にとどまるのなら、おまえは……将来、俺が王位についた時も、俺の補佐についてくれるのか？」

——幼い日の約束のままに。

一気にあの頃の思い出が胸の中に溢れ出し、胸が苦しくなる。

もし…、それができれば。どれだけ幸せなことだろう、と思う。だがすでに、それは夢でしかなかった。いや、初めから夢だった。

もしも王が病にでも倒れ、アーサーがすでに王位についていたとしたら、リシャールはきっともう故国にもどり、自分の国を守ることを考えていたのだろうから。

リシャールはそっと息を吸いこみ、ゆっくりと振り返る。必死に声が震えないように、その分固くなった声で聞き返した。

「おまえはそれを望むのか？」

「ああ」

低く尋ねたリシャールに、迷いなくアーサーがうなずく。試すような…、いや、すがるような気持ちなのかもしれない。

リシャールの本心を聞く最後の機会のように。

だがそれに、リシャールは唇で笑った。

「私の身体も？」

冷ややかにすべり出した言葉に、アーサーがハッと息を呑んだ。グッと無意識にか、きつく拳を握りしめる。

アーサーの「罪」を思い出させる、残酷な言葉だとわかっていた。

答えを、期待しているわけではなかった。答えられるはずもない。

答えるとしても、違う、と、きっぱりと今のアーサーならば言えるはずだった。

ただ純粋に、政治的な意味でリシャールの助力が欲しいのだと。

かつてリシャールに欲情したことがあったとしても、それは一時の……盛りのついた年頃の、ちょっとした過ちに過ぎない。

しかし、じわり、と低く、絞り出すように答えた言葉は、予想から外れていた。

「おまえが…、それを許してくれるのなら」

一瞬、リシャールは言葉を失う。思わず目を見開いた。

「父上のお下がりでもよいと？　ずいぶんプライドがないな」

それでもなんとか、笑い出すように言い放った。

「それでは笑いものになるだけだろう。とても王の資質を持っているとは言えないな」

「父には…、その資質があると？」

アーサーにしても、比べられることは、やはり男として黙っていられないところなのだろうか。強ばった声で尋ねてくる。

「間違いなく、な。王はおまえより貪欲だ。野心もある。それは決して悪いことではない。……言ったはずだな？　私の望みはこの北方を一つの帝国にすることだ。そうなった時、フェルマスの世継ぎになど何の意味もない。そういうことだ」

微笑んで言ったリシャールの言葉に、アーサーが唇を噛む。やがて、じわりと低い声が耳に届いた。

「確かに俺では、今のおまえの望みを叶えることはできそうにない」

そしてまっすぐにリシャールを見つめてくる。

「おまえとの道は分かれたということだな。ならば俺は、おまえと敵対するしかない」

「陛下に逆らってか？」

リシャールはせせら笑うように口にする。

「おまえと私と、陛下がどちらの意見を入れると思う？」

その答えは、火を見るよりも明らかなはずだ。おそらくは、誰の目にも。

そのまま背を向けて歩き出したリシャールの後ろから、アーサーの静かな声が届いた。

「シャール、俺はあの時、自分のしたことを忘れるつもりはない」

瞬間、ビクッと背筋が震える。

それでも何も答えないまま、リシャールは足早にその場を離れた。顔は強ばり、動悸が激しかった。

いつの間にか溢れ出していた涙を、リシャールはあわてて拭う。

そして、そっと笑った。

おそらくあの時のことは、アーサーにとっては人生で最初で最後の汚点だった。唯一、悔いを残すことなのだろう。

きっとアーサーにとっては、一生、忘れることのできない罪だ。心の傷として、深く刻まれるほどの。

もし…、そのことでアーサーの心に死ぬまで自分の痕を残すことができたのだとしたら。

うれしいと感じてしまう自分に、暗い思いでリシャールは微笑んだ——。

リシャールはこの五年、ゆっくりと時間をかけて、徐々に王の手管《てくだ》に落ちていくふりをしていた。

王の性格、気質、癖、考え方、そのすべてを計算した。頭がよく用心深い男だけに、急がず、少しずつ。

支配することが好きな男だから、自分の手で屈服させ、心も身体も隷属《れいぞく》させることに満足感を覚える。すぐになびいてみせるのではなく、時折、わざと逆らってもみせた。王が自分に飽きないように。

そう、長年王の警護についていた男を誘ったこともあった。王よりもずっと若く、たくましく、王と自分との情事を何度も目にしている男だ。

そしてあっさりと誘いに乗った男にあられもなく抱かれている姿を、わざと王の目にさらしたのだ。

激高した王は警護の男を斬り殺し、リシャールも絞め殺しかねない勢いだった。

「おまえが誘ったのか……？」

怒りに声を震わせ、息を詰めるようにして低く尋ねた王に、リシャールはさらりと答えた。

「ええ…、試してみたくて」

「試す？」

ここで「襲われたのです」と白々しく言い訳したとしても、王が聞く耳を持つかどうかは怪しい。が、リシャールのその言葉は予想外だっただけに、怒気がそれたようだ。

「陛下より…、もっと私を満たしてくれる男がいるのかどうか」

喉元を片手で押さえこまれたまま、まっすぐに顔を見上げて言ったリシャールに、王がわずかに目をすがめた。

「それで…、どうだったのだ？」

わずかに緩んだ指の力に、リシャールは小さく息をつく。そっと手を伸ばして王の胸に触れ、下肢へとすべらせて、男の中心を服の上から揉みしだく。あぁ…、と甘い吐息とともに艶然と微笑んだ。

「この陛下の剣が…、大きくて…、雄々しくて、お上手で…、若いだけの勢いでは、もうとても満足できません……」

かすれた声でねだるように言いながら、リシャールは男の下穿きを剥ぎ取り、自分から浅ましく男のモノをくわえこんだ。口と舌を無心に使い、唾液が滴り落ちるのもかまわずに淫らにむしゃぶりつく。

「まこと、生意気な男だな！」

高く笑い出した王がリシャールの髪をつかみ、口を犯すようにして突き上げた。

「あっ、あっ…、もう……私の、中に……っ」

こらえきれないように腰を振ってせがんだリシャールに、王が手荒く身体をひっくり返し、さっきまで別の男が入っていた中へ自身を突き入れた。その男の死体のすぐ横で。

「飽きぬな…」

何度も揺すり上げながら背中でつぶやいた男に、リシャールは身体を這い上がる馴染んだ快感とは逆に、冷めていく心の中でそっと笑った。

本来は有能で思慮深い王だったが、やはり年とともに頑迷になってくる。若さへの嫉妬と、自分が着実に年老いていくという事実を認めたくない意固地さと。

実の息子に対しても同様だった。

評価が高く、人望のある息子が成長するにつれ、父親としての喜びよりも、同じ男としての嫉妬心がにじんでくるようだった。息子の名声が上がるほどに、表向きは平然としつつも、じりじりとあせりといらだちを募らせていた。

すべてにおいてまだ自分の方が上なのだと、優位を誇りたい気持ち。男としても、為政者としても、だ。

リシャールはそれを利用した。

とはいえ、決して自分からあからさまに何かを提言したり、忠告したりすることはなく、ただ一言二言、問われて答えるくらいだ。しかし、さりげなく狙う方へ誘導するような言葉を挟む。

帰国して以来、アーサーは以前よりも積極的に政務に関わるようになっていた。

父の政策に真っ向から異議を唱えるようなことはなかったが、それでも提言や提案、多くの改革案を出すようになった。それも、遠征をやり遂げた自信からかもしれない。

そんなアーサーは、まわりからは頼もしく見える反面、やはり王にしてみればおもしろくないところはあっただろう。

帰国から一年がたち、アーサーが二十一歳の誕生日を迎えた頃には、王とアーサーとの対立は日に日に鮮明になっていた。

アーサーが鎮圧したアレンダールでの反乱だが、このところ再び動きが目立つようになっており、とりわけその対処方法ではぶつかっていた。

今度派兵するとすれば、アーサーが率いていた時の小さな規模ではなく、一軍を送ることになる。

すでに反乱軍の鎮圧、ではなく、戦争だ。

当然、現在アレンダールを領土にしている国々にとっては脅威となる。反乱の鎮圧を口実に、いつ自国へその矛先が向くのかもわからない。

いや、王としては、当然その狙いがあってのことだろう。

「……考えたが、例のアレンダールへの派兵は決定することにしたぞ。アーサーや重臣たちの中には反対する者もいるだろうがな」

この夜もリシャールの中で果てたあと、気怠《けだる》そうに身体を伸ばしながら思い出したように王が言った。

アレンダールの地を、ノーザンヒールに併合したいという望みは、以前から王にもあったはずだ。とはいえ、同盟国の領地となっているところだ。手に入れるには、それなりの理由が必要になる。

そこで、先の戦争以来、その地域で収まらない反乱を抑えこみ、残党たちを一掃するという名目で、ノーザンヒールから兵を出す――ということだ。自軍を派兵し、平定してしまえば、あとはどうとでもなる。反乱を頻発させている責を負わせる、という形で無理を通すのだろう。もちろん、ロードベルや他の周辺諸国の反感を買うことは必至だろうが。

一度、アーサーを派遣したことは、その布石でもあった。

王太子をやってまで抑えようとした反乱軍だが、完全に鎮圧することはできなかったため、大きな軍を派遣することもやむなし――という。

アレンダールは豊かな土地で、交通の要衝でもあり、王はそこを足がかりにその地域を一気にノーザンヒールの領地にすることを考えていた。

そして将来的には、この北方一帯を名実ともにノーザンヒールの国土とすることを、だ。

現在でも事実上、それに近いとはいえ、やはり各王家がそれぞれの領地を支配している形になっている。それらすべてを直属の支配下に治め、この北方に自分の「帝国」を造り上げるのだ。

王の胸の内に、以前からその野心がなかったわけではないだろう。が、現状でも、ある程度は満足していたはずだ。

しかしリシャールは、王のその野心をさりげなく、膨らませるようにしてきた。

自分に自信があり、猜疑心の強い男ほど、一度信じこめば容易にその考えを捨てることができない。過ちを認めたがらない。そしてアーサーに反対され、重臣たちがうかつに息子を支持すると、さらに意固地になる。

王の言葉に、リシャールは微笑んで言った。

「よろしいですね。アレンダールが手に入れば、ノーザンヒールはますます栄えましょう。私もあそこの織物は気に入っております」

毛織物でも有名な産地だ。

「そうか。ならば、手に入った時にはそなたによい品を献上させよう」

王が上機嫌に言った。

「陛下の御代《みよ》で、この北方が一つの帝国となる栄光が実現するのですね。陛下にしか、なし得ない偉業でしょう」

ことさら感嘆のため息をつくようにして口にしたリシャールに、王が苦笑した。

「やれやれ…。この年になって、まだそのような大仕事をさせるつもりか？」

言葉とは裏腹に、まんざらでもなさそうな口調だ。

「そのような…。先ほどまで私の中で暴れておられました方のお言葉とも思えません」

さらりと言ったリシャールに、王が喉で笑う。

「まぁ…、この北方では歴史的な転換点になるだろうからな」

何気ないようにつぶやきながらも、隠しきれない興奮がにじむ。

「陛下がノーザンヒール一国の王ではなく、北方一帯の皇帝となるお姿をこの目で拝見するのは…、私にとっても夢でございますから」

皇帝――という言葉で、さりげなくリシャールはさらに虚栄心を煽ってやる。

「時間はかけぬよ。おまえの助言もあって、軍は少しずつ展開させておる。動き出せば一気にことは進む」

満足そうに王がうなずいた。

と、ふと思い出したように、王が口にした。

「そういえば、明日だったか？　そなたの国から使節が到着するのは。何度か来ておったな…。そなたの従兄弟だとか言っておったか」

「はい」

「男を引っ張りこもうというのではあるまいな？　なにしろ、私はおまえにたぶらかされておるようだからな」

明らかに冗談だろうが、いかにも意味ありげに王が口にする。

口さがない噂も、さすがに耳に入っているのだろう。そしてあえて自分がそれを口にすることで、事実は違うのだと示しているのだ。

リシャールは静かに微笑んだ。

「まさか。ジュリアスはヴァイオリンの名手なのですよ。一人いれば宴も華やかになりましょうし、私もずっと習っているのです。ずいぶん上達いたしましたから、近々、陛下にもご披露できましょう」

リシャールはそれにさらりと答えた。

ここ一、二年ほどで、リシャールは王の許可を得て、自国から何人かの人間を呼びよせていた。気心の知れた従僕であったり、画家や楽器の演奏家や調律師であったり。あるいは、故国の懐かしい食べ物を商人に運ばせたり。

……表向きは、だが。

「国に帰りたいのではないのか？」

うかがうように王が尋ねてくる。

「いいえ。私はすでに、フェルマスの王位継承権は弟に譲っております。このまま陛下のおそばでお仕えできるのであれば……、いずれ北方が一つの帝国になるのであれば、フェルマスという国自体、ノーザンヒールと一つになるわけですし」

「まぁ、そうだな。いまさらおまえが国へ帰る必要はないか」

静かに言ったリシャールに、王が顎を撫でてうなずく。

「……ああ、案ずるな。北方を統一しても、それぞれの王家に領主としての地位は残すつもりだからな。おまえの一族も悪いようにはせぬよ」

「はい。そういえば、フェルマスの軍の者が何人か警護についているはずですので、陛下のお役に立つようでしたらご自由にお使いください。アレンダールへの派兵に合わせて、フェルマスの方でも少し、軍を動かすことは可能でしょう」

「そうだな…。他国の軍の監視にあたってもらうのもよいな」

少し思案するようにしてから、王がふと、尋ねてきた。

「そなたの妹姫は同行せぬのか？　もう…、十四、五になったかな？　ずいぶんと美しく成長しておろう」

「いえ、今回、妹は」

リシャールは慎重に答える。

「アーサーと娶《めあわ》せてみてもよいかと思っていたのだが…、本人が首を縦に振らん」

苦笑して、王がどこか意味深にリシャールを眺める。指先でそっと、リシャールの頬を撫でた。

「まだ…、未練があるのかもしれんな？」

実際に何度か、その話をアーサーとはしたらしい。

リシャールは受け流すように微笑んだ。

「似た顔を前にして、ご自分の過ちを思い出すのがお嫌なのでしょう」

「過ちか……」

王が皮肉な笑みを浮かべる。

「あれを過ちだと思われる方なのですよ」

自分で口にして、胸の奥で一瞬、鋭い痛みを覚える。

そう、「過ち」なのだ。アーサーにとっては。

それだけに、アーサーが表立って王と自分との関係を非難しないのは、後ろめたさか、あるいは贖《しょく》罪《ざい》の思いがあるためだろう。

そしてリシャールはことさら、皮肉な口調を作ってみせた。

「けれど、そのようなことをおっしゃるのは、陛下が若い娘を愛《め》でたいからではございませんか？　私ももう若くはございませんから」

自分もとうに二十歳を過ぎたのだ。そろそろ王が次の、若い愛人を見つけておかしくはない。

「妹をこちらに呼びよせることはいたしませんよ」

妬いたふりで素っ気なく言ったリシャールの身体を、王がなだめるように引きよせる。

「つまらぬことを…。おまえのように純潔そうな顔をして、抱くたびに無垢《むく》な反応を見せるくせに、これほど淫らに男を狂わせる身体はそうはない。女でもな。いくら抱いても味わい尽くせぬわ」

言いながら、男の腕がリシャールの身体を再び組み敷いた。性急に手のひらが素肌をなぶっていく。

「陛下が……私をこのようになさったのです」

男の耳元でささやくようにリシャールは言った。男を悦ばす言葉。

王が満足げに低く笑った。

「ただ若いだけの頃よりも、今の方がずっと……おまえは美しく、男を惹《ひ》きつける。生娘などではとても敵わぬよ」

そんな言葉とともに、男のモノが身体の奥深くに打ちこまれる。

「あぁ……っ、深い…っ、深い……っ！」

嬌声《きょうせい》を上げ、淫らに男の腰に足を絡ませながら、リシャールはじっと窓の外の闇を見つめていた——。

◇　◇

「アーサー！」

この日、午後からの御前会議へ向かう途中、ふいに背後から険しい声で呼びかけられ、アーサーは足を止めた。

「……カイル？」

同行していたレイモンがわずかに早く振り返り、低くつぶやく。

アーサーも声で相手はわかっていた。ロードベルの世継ぎだ。

リシャールと同様、いや、リシャールがこの王宮に来る数年前からやはり「人質」としてノーザンヒールに滞在しており、アーサーにしてみれば物心ついた時から知っている男だった。

とはいえ、アーサーにはライバル心というか、敵愾《てきがい》心を見せることも多く、リシャールと比べてそれほど親しかったわけではない。

ロードベルは、この北方一帯では、現在ノーザンヒールに次ぐ国土と国力を持つ国であり、人質のような屈辱的な扱いを受けるいわれはない、という自尊心もあるようだ。

ロードベルにいる国王には、遠征の際にアーサーも一度、謁見する機会があった。

カイルに似て——いや、カイルが父に似て、と言うべきだろう、野心的な男のように思えた。アーサーと対した時も、値踏みするような目で見ていたものだ。カイル同様、ノーザンヒールの支配体制につけいる隙を狙っているのだろう。

もっともそれは、ロードベルだけのことではないだろうが。

人質たちの誰もが、同盟国のどの国もが、表面上は従順にノーザンヒールの方針に従っているように見えても、腹の中は違う。嫉妬や羨望、いらだち、怒り——。

その世継ぎの皇子たちの、ノーザンヒールの王太子である自分への接し方、距離のとり方を見ればそれはわかる。

それだけに、アーサーは父のやり方が危うく思えるのだ。

大股に近づいてきたカイルは、ほとんどつかみかかるようにアーサーの襟元に手をかけた。

「またアレンダールへ派兵するというのは本当なのか…!?」

怒号のような言葉に、アーサーはわずかに眉をよせた。

まだ王や、重臣たちの間でだけ諮《はか》られてる事案だったが、どうやらどこからかもれたらしい。

「しかも次の派兵は、前の遠征とは比べものにならない規模だと聞いたぞっ」

カイルが血相を変えるのももっともだった。

一年前の、アーサーが率いた軍はせいぜい数百人程度の規模だが、今度の派兵ではその十倍以上にもなるだろう。そんな軍に国内をうろつかれるのは、すでに侵略にも等しい。

とはいえ、一年前にアーサーが鎮圧した反乱軍の動きが再び活発になっていることは確かで、実のところ、ロードベルはその反乱軍と裏で手を組んだのではないか、という疑いが持たれていたのだ。

しかし今の状態で、アーサーが何か口にするわけにはいかなかった。

「まだ決まったわけではない」

そう言ってかわそうとしたが、カイルはさらに詰めよってきた。

「どういうつもりだっ!?　きさまらは我が国を土足で蹂躙しようというつもりかっ！」

「やめろっ！　陛下へアレンダール派兵をそそのかしたのはアーサーではなく、別の人間だということくらい、おまえにもわかるだろうっ!?」

横にいたレイモンが、強引にカイルの腕をつかんで引き剝がす。

ようやく気づいたように、カイルがレイモンに向き直った。そしてアーサーとレイモンとを見比べるようにして、低く確認する。

「リシャールか……？」

「陛下がどれだけリシャールに執着しているのかは、おまえも知っているだろう？」

レイモンの言葉に、カイルが低くうなった。

実際、つい先日も、長く王の警護についていた男の一人が突然、王に斬り捨てられた。

どうやらリシャールの寝所に入りこみ、手を出そうとしたところを王に見つかった――という噂だが、本当はリシャールが誘ったのではないか、とも陰でささやかれていた。

そう、シルベニウス大佐を飛ばした時と、形としては同じだ。

本当のところはおそらく、当人にしかわからないのだろうが。

「レイモン」

アーサーが声をかけ、レイモンの肩をたたくと、ようやくレイモンがカイルから手を離した。

「カイル、俺としては派兵を望んでいるわけではない。反対はしてみるつもりだ」

向き直ってそれだけを静かに言うと、アーサーは考えるように立ち尽くしたカイルを残して、会議場へと向かった。

「さすがに神経質になっているようだな。あいつに知られて大丈夫なのか…？」

横に並んできたレイモンが不安げに口にして、わずかに眉をよせる。

「ロードベルにこちらの動きが知られたからといって、父があわてることもないだろう。織りこみずみだろうからな。むしろ、ロードベルの出方を待つつもりかもしれん」

もしロードベルが挑発に乗るように反旗を翻せば……即座に戦争になる。

知らず、アーサーは息を吸いこんだ。

「陛下は…、おそらく今日の会議で決めるつもりだろう」

レイモンが低く言った。そうだろうな、とアーサーも思う。

父の気持ちは固まっている。翻意させるのが容易でないのはわかっていた。

だが、このまま行かせるわけにはいかなかった。

アーサーにしてみれば、一年前の遠征の際、ロードベルをはじめ、アレンダール周辺の国々にはきちんと訪れて直接、膝を突き合わせて話し合い、友好国、同盟国としての信頼を得られるように努力してきたつもりだった。少しでも、今のノーザンヒールと他国との不条理な関係を改善することを約束して。

だがそれも、この派兵ですべてが踏みにじられることになる。アーサー自身の信用も失われるだろう。

足を踏み入れた会議室はかなり広く、それでもアーサーたちが入った時には、すでにほとんどの席が重臣たちで埋まっていた。大臣たちや、各部署の官吏たち、さらには各軍の将軍たち。

いっせいに礼をとる中、ざっと見まわして、アーサーとまっすぐに目を合わせてきたのは、およそ三分の一といったところだろうか。

日頃から意見を交換し、アーサーと考えを同じくしている者たちだ。

あとの者たちは父に従うつもりか、あるいは状況を見極めてから、というどっちつかずの者たちだろう。強い方につく。あるいは——自分の利益になる方に。

少し時を置いて最後に王が入室し、アーサーも席を立って礼を尽くす。

着席する間際、ちらっと父の鋭い視線が向けられたが、アーサーはそれを真正面から受け止めた。

そして予想していた通り、会議は紛糾した。

父の方ではすでに、ロードベルへの派兵を諮るように、という命令を、前の会議の際に下ろしている。

それは事実上、派兵の準備をせよ、という意味ではあったが、アーサーをはじめ、重臣たちからも慎重に考えられては、という意見が出たため、総意をまとめておけ、ということで前回は解散したのである。

そして結局、重臣たちの間でも意見は分かれたままだった。軍の方では、やはりこの機会に功名を立て、発言力を大きくしたいという思いがあるのか、賛成派が多いようだ。

大佐がいればな…、とアーサーとしては苦々しく思う。あるいはこうした展開を見越して父は——リシャールは、先手を打って大佐を辺境へ飛ばしたのかもしれない。

「王が下された決断ですぞ？　何を迷う必要があるのですかっ！」

王に追従する者たちが主張する。

「今、あらためてロードベルに派兵する必要がありましょうか？　我が国の支配下に置いたところで、王都とは離れすぎております。監視が面倒になるばかりでしょう」

「目先のことにしか考えが及ばぬからだ。陛下の深遠なるお考えを理解しておらんっ」

「今、ことを起こす必要がどこにあるのですっ？」

「今だからこそであろう！　グズグズしていればしているだけ、面倒になるのだ！」

「戦も辞さぬとお考えですかっ？」

重臣たちの激しい舌戦の中、こらえかねたように誰かの口から放たれる。

そして、次の言葉は、それまで黙って聞いていた王の口から発せられた。

「その通りだ」

瞬間、シン…、と会議場に沈黙が広がった。

さすがの重々しさで、誰も言葉を継ぐことができない。反論を許さない、支配者の口調――自信だった。

「これ以上、論じる必要はないようだな。派兵を決定する」

水を打ったような静けさの中、ぴしゃりと言った王の言葉が終わる前に、ガタン…、と立ち上がったのはアーサーだった。

まっすぐに、正面の父をにらむ。

「どのような犠牲を払っても、とおっしゃいますか？　どれだけの血を流してもと？」

「その通りだ」

わずかに眉をよせ、それでも王は静かに繰り返した。

「何の犠牲もなく得られるものなどあるまい」

「そうまでして、これ以上、何を得る必要があるのです？　領土を広げることが、民衆のためにもなるとお考えですか？　家族が兵にとられる痛みをともなってまで……、同盟国の信頼を踏みにじってまでですか!?」

まっすぐに言い切ったアーサーの言葉に、居並ぶ臣下たちも息を呑むのがわかった。

あるいは真っ向から王に反論する、その無謀さに——なのかもしれない。

王がゆったりとテーブルで腕を組みながら目をすがめ、じっとアーサーを見つめてくる。

「自分は常に正しいとでも言いたげだな？　慈悲深く、高潔で、間違ったことはしない人間だと？」

薄く微笑んで言った言葉は、明らかに当てこすりなのだろう。

「そうありたいと思っております」

しかしアーサーは、たじろぐことなくまっすぐに返す。

「だが為政者としてはどうかな？　そのような甘さは判断を遅らせるだけだ。命取りになるような、重大な判断をな」

「奪ったものは、いずれ奪い返されるだけです。人心を踏みにじって作った帝国に、どれだけの命脈があるとお考えですか？　長くは続きませんよ」

「生意気な口をきく……！」

さすがにここまで食い下がると思わなかったのが、わずかに頬を引きつらせ、王がいらだたしげに叫んだ。

「おまえは…、自分が手に入れられなかったものをうらやんで、腹いせに逆らっている子供に過ぎんわっ！」

浴びせられた罵倒に、思わずグッ…とアーサーは拳を握りしめる。

確かにそんな側面がないとは言えなかった。

もしあの時——自分が父の腕の中からリシャールを奪いとっていれば、何かが変わっただろうか、と。リシャールが今のようになることはなかったのか…、と。

何度も後悔した。自分を殴り殺したくなるくらいに。

だから二度と、間違えるつもりはなかった。たとえ、リシャールと対立することになったとしても、だ。


大きく息を吸いこんで、アーサーは淡々と言った。

「陛下…、どうかご再考を。これだけの者が反対しているのです。先の戦争のように、ノーザンヒールが心を一つにして戦うというわけにはいきません」

「もうよい！」

アーサーの言葉に、王が拳をテーブルにたたきつけて立ち上がった。

「そもそもはおまえが遠征の際、きっちりと片をつけておけばよかったことだ！　反乱者どもを処刑することもなく、生ぬるく捕縛などですませたことが、今のようにつけあがらせる結果になったのだっ。今度のことはおまえの尻拭いとも言えるのだぞっ！」

「そういう問題でないことは、父上もわかっているはずです！」

もっと根本的なところに問題はあるのだ。

「これ以上の議論は必要ない。派兵する。準備を進めよ！」

反論の余地がない、きっぱりとした命令にほとんどの者たちは平伏し、アーサーは唇を噛んで立ち尽くした。

「父上……！」

身を翻し、足音も荒く出ていこうとした王の背中に、アーサーは必死に声を上げる。

「父上も勝ち取ってきたはずです！　先の戦争で父上が戦われたのは、国を守るためではなかったのですかっ？　故国を守るために、戦を仕掛けられた国がどれだけの信念を持って戦いを挑んでくるのか…、リシャールに尻の毛まで抜かれて忘れられましたかっ！」

挑発的な非難だとはわかっていたが、言わずにはいられなかった。

「父親に対する言葉ではないぞっ！」

さすがに激しい勢いで振り返った王が、カッと目を見開いてアーサーをにらみつける。

「自分が何を言っているのか…、誰に向かって言っているのか、わかっているのだろうな、アーサー！」

恫喝《どうかつ》するような、すさまじい怒号だった。

「父上はリシャールに利用されていることにお気づきになりませんか！」

大佐を「駒」と言ったのと同様に。

強い者を煽り、権力を手に入れる。それがリシャールのやり方であれば、父も利用されているのと同じだった。

「黙れ！　アーサーっ、きさまには謹慎を申しつけるっ！　許しがあるまで、公式の場に出ることはならんっ」

それだけ言い捨てると、王は肩を怒らせて会議室を出た。

呆然としたようにアーサーと王とを見比べていた重臣たちも、アーサーに関わらないように、王の逆鱗《げきりん》に触れないように、とそそくさと姿を消す。

　残ったのは本当に数人の、アーサーに最後まで味方してくれる者たちだったのだろう。

「殿下……」

「アーサー様…っ」

　さすがに顔色をなくして、取り囲むように近づいてくる。

「まずいんじゃないのか…？　さすがにあれだけ怒らせるのは……」

　レイモンがかすれた声で言い、唇をなめる。

「陛下は…、どうされるおつもりでしょう？　よもや、またアレンダール派兵で殿下に指揮を執らせるようなことは……」

　邪魔者として戦場へ送り出すわけだ。

　アーサーは無意識に薄く笑っていた。

「あり得るな…。見せしめか、嫌がらせにでも」

「だが、それでうっかりアーサーに功績があった場合、ますます王としてはおもしろくないことになるんじゃないのか？」

　しかし横で、顎を撫でながらレイモンが口を挟む。

「かなりの規模での派兵になる。全軍を任せる指揮官は俺の上に置くのだろう。父上としても、俺にヘタに動かれて兵力を失うこともできまい」

　万が一、アーサーが軍を掌握することになれば、それこそ反乱を起こされる懸念がある。そのくらいは考えるはずだ。

「だとすると、王としてはおまえを黙らせるには一つしか手段はないわけだ」

「まさか、処刑されるわけではなかろう」

深刻な口調で言ったレイモンに、アーサーは短く息を吐く。

それは周辺諸国に対しても、また民衆の手前にも、体面が悪すぎる。

「だとしても、だ」

うかがうようなレイモンの眼差しに、ああ…、とようやくその意味を察する。

「廃嫡《はいちゃく》か…。それはあり得るな」

それ自体、アーサーとしてはさして気にはならない。

が、政務から外されることは、これ以上、父の行動を抑えきれないというだけでなく、アーサーの政治力を低下させる。つまり、態度を決めかねている臣下たちが、結局王の意のままに流されることを止められない、ということになる。

ノーザンヒールは大きな戦争に向かって突き進むしかない。

「殿下、これは大変な問題ですぞ…！」

「このままでは、この国は……っ」

重臣たちがかすかに震える声でつぶやく。

「アーサー」

レイモンがわずかに強く、アーサーの腕をつかむ。

「そうだな…。決断しなければならない時のようだ」

アーサーは静かに言った。

ちらっと無意識に上がった視線が、レイモンの顔を真正面からとらえる。

それに、唇だけでレイモンが笑い返した。

「おまえがどう動こうが、俺はおまえについてやるさ」

「おお…、むろん、我々もですよ、殿下…！」

「この国をお任せできるのは、アーサー様しかおりませんからな」

まわりにいた者たちが声を合わせる。

アーサーはゆっくりとそれにうなずいた。

これだけの期待を裏切るわけにはいかなかった。……おそらく、父に知れたらそれこそ命はないだろうが。

血を分けた息子といえど、容赦する男ではない。

「軍の状況を調べてくれ。どれだけの者が俺についてくれるのか」

敵にまわすにしても、味方につけるにしても、その把握は必要だった。

軍は基本的に王の支配下にある。そこからどれだけの造反者を出せるのか。

反乱は、軍の動きで大きな流れが決まる。

「アーサー…」

わずかに息を呑むようにして、レイモンがアーサーを見た。

「父上には、退位していただく。力ずくでもな」

はっきりと、アーサーは口にした。

王位簒奪《さんだつ》者の烙印《らくいん》を押されたとしても、それは自分がやらなければならないことだった——。

7

それから一週間もすると、早くもアレンダール派兵への動きが本格化し、王宮内でも日に日に緊張感が増していた。

実際に動くのは軍であり、官吏たちが何をするわけでもないのだが、やはり打ち合わせや何やらで王宮内で将軍たち、軍幹部の姿を見かけることが多くなる。

アーサーを筆頭に、予想外に根強い反対も多かったようで、王も少しばかりいらついていた。

そして当然ながら、人質の皇子たちもピリピリとしている。

王がアレンダール派兵を機に一気に北方を手中にしようという狙いは透けて見え、それに対して各国がどう動くのかが、問題になってくるのだ。それによっては、自分たちの命に直接関わってくる。

ノーザンヒールの圧力に屈し、臣下として従属の道を選ぶのか、あるいは反旗を翻して望みが薄くとも戦うのか。

だが個々の国力でいえば圧倒的な武力の差で相手にはならず、他国と共闘するにしても巧みな王の戦略で各国の関係は分断された状態だった。

そんな中で、リシャールへの風当たりはさらに強くなっていた。

当然だろう。何があっても「王の愛人」であるリシャールに害が及ぶ危険はない。そう認識されているのだ。

人質の中でも、ロードベルの世継ぎであるカイルは、誰よりも神経を尖らせていた。

現在、アレンダールの大半を領地にしている国だ。ノーザンヒールから派兵するということは、結局、ロードベルの手には負えないと見くびられたのと同然であり、派兵され平定されれば、その土地はそのままノーザンヒールに併合されることは間違いない。それはロードベルの領地を削がれることに他ならないのだ。

さらに言えば、その勢いでロードベルへ侵攻される恐れもある。

北方一帯ではノーザンヒールに次いで、領土としても国力としてもその大きさを誇るロードベルだ。王としては、先々のために真っ先に潰しておきたい国だった。

実際に、ノーザンヒールと肩を並べる隙を狙っていた筆頭がロードベルであり、派兵されると先手をとられた形になる。

「おまえにはやられたな」

リシャールが一人で図書室にいるのを見計らったように近づいてきたカイルが、憎々しげにリシャールをにらんだ。

「……カイル？　いきなり何ですか」

気づかないふりで肩をすくめたリシャールに、カイルが吐き出すように声を荒らげる。

「とぼけるなっ！　アレンダールへの派兵だっ！　おまえが陛下をたきつけたのだろうがっ？」

「人聞きが悪いですね」

リシャールは手を伸ばして書架から北方の地形図をまとめた本を引き出しながら、さらりと返した。

「北方一帯の支配は陛下には念願でしたでしょうから、私が何を言わずとも、いずれ動いたことですよ」

「だがおまえが時期を早めた……！」

手首がつかまれ、詰めよるようにしてなじられ、リシャールは手にした本を片腕で抱えて支えながら、吐息で笑った。

確かにそうだろう。ロードベルにしてみれば、ノーザンヒールに対抗するための準備を水面下でじわじわと進めてきたはずで、しかし今はまだその時ではない、ということなのだ。対抗するには力が足りない。

「それはどうでしょう？　けれど、考えようによっては、あなたにとってもいい機会ではないのですか？」

そんな、いかにも意味ありげなリシャールの言葉に、カイルがふっと眉をよせた。

うさん臭そうにリシャールを眺め、それでも思い出したように手を離す。

「……どういう意味だ？」

低く、尋ねてくる。

この男を切り捨てるか、利用するか。利用できるのか。

リシャールはそれを慎重に判断していた。

カイルとの付き合いは長い。リシャールがノーザンヒールへ来て以来だから、もう十五年以上にもなる。

性格は把握しているし、行動や思考の予想はつく。

必要な駒だった。コントロールが面倒ではあったが。

リシャールは離された手を軽く振り、何気ない様子で大きな本のページをめくりながら口にした。

「アレンダールへの派兵はロードベルへの侵攻に等しい。ということは、あなた方にしてみればおとなしくノーザンヒールの軍門に降《くだ》るか、あるいはここで思い切って反旗を翻すか。どちらかしか選ぶ道はない」

素早く確認したかった地形をチェックしながら言ったリシャールの言葉に、カイルが目をすがめた。息を殺すようにして、さらに低く声を落とす。

「だから？　何が言いたい？」

リシャールはふっと視線を上げて、カイルを見た。唇で小さく微笑む。

「陛下に服従することを選ぶのでなければ、行動を起こすのは今しかないということですよ。否応なく……、ね」

わずかにカイルが息を吸いこんだようだ。探るようにリシャールを見つめる。

「だが…、勝ち目のない戦いをするわけにはいかん…っ」

かすれた声で、悔しげに吐き出す。

「ええ、もちろん賭けではありますが。では、このまま黙ってノーザンヒールに隷属する道を選びますか？」

まっすぐに男を見上げ、ことさら嘲るようにリシャールは尋ねた。

野心的でプライドの高いこの男が、それで納得するはずもない。今の「人質」の状況でさえ、鬱屈《うっくつ》していたはずだ。

「賭けだと…？　おまえ、何を考えている？」

リシャールは小さく肩をすくめてみせた。

「私にしても、状況はあなたと同じですよ。黙って故国のフェルマスを奪われるわけにはいきませんからね」

「だがおまえは陛下の……」

疑り深く、カイルが眺めてくる。

「私が喜んであんな三十近くも年の離れた男の相手をしているとでも？」

冷笑して見返したリシャールに、カイルがわずかに目を見張った。そして口元にこらえきれない笑みを浮かべる。

「……まあ、そうだろうな。好んであんなジジイの相手をするはずもない。なるほど、いい面の皮というわけだな」

カイルにしてみれば、王が手玉にとられている、という事実が胸がすくようで愉快なのだろうか。

「もちろん計画のために我慢してきたのですよ。これだけの長い時間を。陛下が私に執着すればするほど、人心は王から離れていく。それだけやりやすくなりますからね」

そう言って、パタン…、とリシャールは本を閉じる。

「あなたの…、ロードベルの力が借りられるのであれば、成功する可能性はぐっと高くなるはずなのですが？」

誘うような言葉に、カイルが唾を飲みこんだ。

「計画……というのは？」

わずかに身を乗り出すようにして尋ねてくる。

「あなたが本当に信用できるとわかれば、お話ししますよ」

あしらわれて、カイルがわずかに顔を歪めた。そして、聞き方を変えてくる。

「俺に何をさせる気だ？」

「ロードベルで派兵の準備を。ただし、アレンダールへ向けてではありません。この…、王都に向けてです」

ハッと大きく目を見開いたカイルがリシャールの顔を凝視し、驚いたように声を上げた。

「そ…そのような真似を……！　陛下に知れたらそれこそ…っ」

「タイミングの問題ですよ」

リシャールは地形図を棚へもどしながら、なんでもないようにさらりと言った。

「ノーザンヒールからアレンダールへ大軍が派兵されれば、その分、王都の守りは手薄になる」

「しかし、それだけで簡単にはいくまい。やすやすと王都へ侵入できるとは…」

カイルが眉をひそめ、低くうなる。

「ええ、もちろんです。ですがそのあたりは私の仕事です。……今の私になら、王は気を許していますからね。そう思いませんか？」

歌うように軽やかに、そして口元に意味ありげな笑みを浮かべて言ったリシャールに、カイルがぎょろりと落ち着きなく目を動かした。

「つ、つまり……？」

さすがにリシャールの言うところを察したようだ。

「王と都を押さえてしまえばよいのです。結局のところ、ノーザンヒールは王の独裁国ですからね。王が消えれば、国も動かなくなる」

それに、さらりとリシャールは答えた。

「おまえ…、まさか……」

さすがに顔が引きつり、かすれた声が男の口からこぼれる。

——つまり狙いは、王の暗殺、だ。

「問題はそのあとです。王とアーサーとの確執が明らかな今、その罪をアーサーに被ってもらうことはたやすい。王と世継ぎが一気に失われたら混乱も大きいですからね。ロードベルの兵がその混乱を収めることができれば、国を丸ごと乗っ取ることも可能ですよ」

しばらく呆然と、あっけにとられたようにリシャールを見つめていたカイルが、ようやく我に返ったように、ハッと大きな息をついた。そして、急な発作に襲われたように哄笑《こうしょう》する。乾いた笑い声が図書室に響いた。

「恐ろしい男だな……！」

　そしてようやく笑いを収めると手の甲で口元をこすり、落ち着かないように視線をさまよわせて、カイルは頭の中で必死に考えているようだ。

「だが…、だがおまえの言うことをそのまま信用はできん。それこそ、陛下がそれを俺の反逆の証拠にしないという保証はない。おまえが…、陛下に命じられて俺の反逆を誘っているとも考えられるからな」

「なるほど…、確かにそうですね」

　リシャールは軽く書架にもたれるようにして、小さく微笑んだ。思ったより頭はまわるらしい。

　リシャールの口車に乗って兵備を整え、王都へ派兵の準備を始めれば、王にしてみればそれだけでロードベルへ侵攻するいい口実になる。

「あなたが決めることですよ。私を信じるか、信じないか」

「信じられると思うのか？　そう、俺が…、断った上で、おまえが反逆を企《たくら》んでいることを王に密告することもできるぞ？」

　脅し、というより、試すような口調だった。

「どうでしょう？　まだ私は何をしたというわけではありませんからね。陛下があなたの讒言《ざんげん》と私の申し開きと、どちらを信じると思いますか？　……いずれにせよ、今動かなければ、あなたの国は陛下のものになるだけですしね」

　微笑んで返したリシャールに、ぐっ…、とカイルが黙りこんだ。そしていくぶん神経質に唇をなめてから、ようやく顔を上げる。

「保証をもらいたいな。俺も…、自分の命と国の命運を賭けて危険な橋を渡ることになるんだ」

「……保証？」

「おまえを…、抱かせてもらおうか？　陛下の情人に手を出したことが知れると俺も終わりだが、おまえにしても別の男をくわえこんで王を裏切ったことが知れると、さすがにただではすむまい」

いくぶんいびつな笑みを浮かべて言われ、リシャールはわずかに眉をよせた。

そして肩をすくめて、ため息とともに小さく微笑む。

「……いいでしょう。では今、ここで？」

言いながらリシャールは片腕を伸ばし、カイルの肩から胸をそっと撫で下ろした。艶やかに微笑み、意味ありげに男を見つめながら。

「今…、か？」

さすがにとまどったように、カイルがあたりを見まわす。

大きな図書館ではなく、ゆっくりと本を読むための、書斎のような小さな図書室だ。ふだんから王族くらいしか使わず、他に人の姿もない。

「こんなところに来る者は誰もいませんよ。陛下は御前会議中ですしね。ヘタに夜動くよりは安全でしょう？」

「そう……だな」

カイルが近づいてくるリシャールの顔を見つめながら、そわそわと、いくぶんかすれた声でうなずいた。

男の喉元に這わせるように指を動かし、誘うように唇を近づけると、男がいくぶん荒い息を吐いて、一気にリシャールの唇を奪った。そのまま書架に身体を押しつけるようにして、服を脱がせ始める。

されるままになりながら、リシャールは片手を男の中心へと伸ばした。ズボンの上からきつめに揉みしだき、中へ手を差しこんで直《じか》に触れると、あやすようにしごき上げる。そして男の前に跪くと、取り出したモノをくわえてやった。

「リシャール…っ、おまえ……！」

一瞬、あせったような声を上げるが、カイルの男はすぐに口の中で大きくなり、こらえきれないように腰を揺すり始める。淫らに濡れた音が、しめやかに空気を揺らした。

十分に成長し、そろそろ弾けそうになったのを見計らって、リシャールは口を離す。先走りがにじみ、いやらしく唾液が糸を引く。

「う…っ、クソ……ッ」

もう少しだったのだろう。カイルが低くうなった。

それを小さく笑って見上げ、リシャールは挑発的に言った。

「私を……満足させられますか？」

言外に「王よりも」と言いたいのは、カイルにもわかっているはずだ。

「なに……？」

男の目が鈍く光る。そして次の瞬間、リシャールの身体を手荒く組み敷くようにして、床の絨毯《じゅうたん》へ押し倒した。

もどかしげに服の裾を払い、貪るように肌をなめ、性急にリシャールの奥を探ってくる。

「痕を……残さないでくださいね。知られたら終わりですよ……？」

そんな注意に、ようやく少し我に返ったようだ。

ああ…、とかすれた声でうなずき、猛《たけ》りきった男をリシャールの後ろへ突き立てた。獣のようなうなり声を上げて何度も突き上げ、揺すり上げて食らいつく。

リシャールはことさら甘い声を上げ、きつく中の男を締めつけてやった。

さすがに王より若いだけあって、カイルは低くうなりながらリシャールの中で何度も果てる。

「……すごい。たまらないな、おまえの中は。絡みついて、根元から引きこまれそうだ。陛下がおまえに夢中になるはずだな……」

どのくらい我を忘れてリシャールを貪っていたのか、ようやく萎えた自身を引き抜きながら、カイルが荒い息の下で言った。

「なぁ…、俺は陛下よりずっとよかっただろう？」

満足げに聞いてきて、そうですね、と答えてやったが、技巧で言えば王の方が上だろう。カイルは勢いだけだ。……リシャールも感じたふりはしてやっていたが。

「これで信じられますか？　私も陛下を裏切ったわけですからね」

服を直しながら確認したリシャールに、ああ…、とカイルが気怠るそうに書架へ上体を預けたままうなずく。

「早急に国とは連絡をとる。……おもしろくなりそうだな」

どうやらカイルも乗ってきたようだ。今まで二十年以上も頭を押さえこまれていたのだから、一気に反撃できると思えば当然かもしれない。

「表情に出さないよう、十分に気をつけてください。あなたは難しい立場にいるのですから。規模と時期については、またお知らせします」

淡々とそれだけ言って、リシャールは立ち上がった。

「リシャール…！　これで終わりとは言うまいな？」

その腕をつかみ、カイルが期待に満ちた声をかけてくる。

振り返ると、にやりと意味ありげな眼差しがリシャールの全身をなめまわすように眺めてきた。おまえもよかっただろう？　とでも言いたげに。

背中へまわった片腕が、尻のあたりをいやらしく撫でてくる。身体のことのようだ。

それに、リシャールは共犯者の笑みを浮かべてみせた。

「計画の成否と…、条件次第でしょう」

それだけ言って、重い身体を引きずるように扉を開け、外へ出るとようやく新鮮な空気を胸いっぱいに吸いこんだ。

待っていたスクルドがスッ…と立ち上がる。

心配そうにリシャールのまわりをうろうろし、……他の男の匂いを嗅ぎ分けたのだろうか。わんっ、と吐き出すようにして一声、吠える。

「ああ…、大丈夫。ごめんね……」

リシャールはわずかに屈んで、両腕に余るほどに大きくなったスクルドの身体をぎゅっと抱きしめた。

優しい温《ぬく》もりがじわりと肌に沁みこんでくる。

何でもないことだった。今さらどれだけ汚れても、同じことだった。

……そう思うのに。

声もなく涙が溢れる。

もっと……もっと、汚れてしまえばいい。

こんな浅ましい身体など――。

「アーサーをな…、廃嫡しようかと思うておる」

ついに王がそう口にしたのは、それからまもなくのことだった。

アレンダール派兵についてもそうだったが、アーサーの遠征や、その前のシルベニウス大佐の件なども含め、このところ急激に王と世継ぎであるアーサーとの対立は激しくなり、誰の目にも鮮明になっていた。

これまでアーサーは、ある程度意見の違いがあっても最終的には父である王を立てていた。だがこのところ、真っ向から反対する姿勢を見せるようになっていたのだ。

先日の御前会議でも、激しく対立したという話を伝え聞いている。王がアーサーに謹慎を申し渡したということも。

それでもアーサーに与《くみ》する者たちが少なからず存在し、重臣たちの間でも、アーサーに味方する者と王の意見に追従する者たちとに割れ始めているようだった。言い替えればそれは、王と比べてもアーサーの存在感が増し、求心力がつき始めている、ということでもある。

王としては当然、おもしろいことではないだろう。いずれ、そうした行動に出ることは予測できた。

「そうですね。人望はある男ですから、大臣たちの反対は大きいでしょうが」

リシャールはそれに静かに返した。

そんな言い方が王の機嫌を損ねることはわかっている。しかしそうしておいてから、リシャールはさらりと続けた。

「陛下のお望みのままになさったらよろしいかと思いますよ。ルース殿下が跡をとられても、アーサーと同様、大過なくこの国は治められましょうから。どちらにしても、陛下ほどに歴史に名を残すような治世にはなりませんが」

王がにやりとうなずいた。それが望む言葉なのだ。

「そうだな。ルースの方が素直にわしの体制を継承してくれよう。……おまえには残念なことかもしれぬがな」

いくぶん皮肉めいた、試すような口調。

「アーサーは陛下ほどの器ではなかったのです。王としても…、男としても」

リシャールは微笑んで返した。

「おまえにそのように言われるとはな…。おまえを奪いとるほどの気概がアレにあれば、おまえも少しは心を残したのではないか？」

リシャールの顎をとり、身体を引きよせながらねっとりと耳元でささやく。

「そうですね。陛下よりももっと……強く、野心的で、私を満足させてくれる男がいれば、私もなびくかもしれませんね」

「申したな」

いくぶん澄まして言ったリシャールに王が愉快そうに笑い、そのまま手慣れた様子で服を脱がされていく。

王は本気なのだろう。いずれ、とは思っていたが。

——急がなければならない……。

男の腕に身を任せながら、リシャールは頭の中でパズルを合わせるように計画を組み立てていった。

そしてそれが決行されたのは、アレンダールへ大軍が派兵されてから六日後のことだった——。

8

この日の明け方。

まだ闇は深く、あたりが白み始める前だ。

何かがひどく騒がしく、アーサーはいつになく目を覚ましてしまった。

「アーサー！　無事かっ？」

血相を変えてレイモンが飛びこんできたのは、さすがにただ事ではない気配にアーサーが身を起こした時だった。

「レイモン…？　何があった？」

あせったレイモンの呼びかけに、アーサーは鋭く尋ねた。

「わからん。だが敵襲だ…！」

「敵襲……？」

意味がわからなかった。いったいどこの「敵」なのか。

「まさか…？」

ハッとしてうかがうようにつぶやいたアーサーに、レイモンが首を振った。

「いや、違うっ。まだ誰も動いてはいない。そのはずだ」

ではまさかアレンダールの？　と一瞬、頭をよぎったが、そんなはずはない。

父がアーサーたちの反対を押し切って、アレンダールへ第一陣を送りこんだのは六日前だ。軍はまだ、目的地に到着してもいないだろう。

それとも、こちらの動きを察知して先に王都を急襲したというのだろうか？

だが相手は先の戦争の残党だ。それほどの組織力はないし、そこまでの手勢がいるとも思えない。

しかし、考えている余裕はなかった。

「状況はっ？」

手早く上着だけを羽織りながら確認する。

「まったくつかめん。混乱していて、誰が敵か味方かもわからないくらいだ。ただ、王宮内のかなり奥まで入りこまれているようだな。どうやら、あらかじめ内部に潜んでいたらしい。かなりの数だ。……まったく、いつの間に……」

レイモンもかなり混乱した様子で、いらだたしげに舌を弾く。

「衛兵たちは何をしているっ？」

「それが…、睡眠薬でも盛られたようだ。眠りこんでいて動ける者が少ない」

「薬……？」

アーサーは眉をよせた。

やはり内部に敵がいたということだ。そして、かなり計画的な襲撃。そう、このタイミングで、というのもだ。

アレンダールへの派兵で、今、王都の警備は手薄になっている。

ハッとして、アーサーは確認した。

「まさか、誰かが勝手に動いたということは……？」

アーサーたちにしても、王の退位を画策していたところだ。

もちろん父が自主的にするはずもないので、力ずくということになる。明らかな謀反《むほん》だ。それだけに慎重に計画を進め、時期を見計らっていた。

本来はアレンダール派兵の前に決行できればよかったのだが、軍の大半が父の支配下にある以上、少しでも兵の少ない時期がいい、という判断で、時を待っていた。

アレンダールはともかく、ロードベルとの戦いの口火が切られる前であれば、まだ呼びもどすことも可能だ。

たとえば、父が別荘にいる時に急襲し、警護の兵たちから隔離し、退位の宣言文に署名させる。そののちは、田舎の別荘にでも隠遁《いんとん》してもらう。そんな計画だった。

父が自分の廃嫡を考えていることはわかっていたので、それが正式なものとなる寸前のタイミングを計っていたのだが……、誰かが突発的に動いたのか。

「いや、それはない。とてもそんな状況ではない…！　明らかに組織された者たちだ！」

レイモンの声は切迫していた。

とっさに剣をとり、アーサーは部屋の外へ飛び出しながら叫んだ。

「レイモン、頼むっ。おまえはルースと妹たちのもとへ行ってくれ！　すぐに城外へ脱出させろ！」

「アーサーっ？　おまえはっ？」

「父上と……、シャールの様子を見てくる！」

言い返すと同時に走り出した。

国王である父の私室は王宮の奥まった場所にあったが、リシャールの部屋もしばらく前にその近くへと移されていた。

それがどういう意味か、もちろんわからないはずもない。いらだちと歯がゆさを抑えきれなかったが、アーサーにはどうすることもできずにいた。

混乱した悲鳴や泣き声、逃げまどう声が四方から響き、侍女や侍従たちが我先にと王宮の外へ走り出している。

その混乱の中、アーサーは流れに逆行するように、王宮の奥へと走った。

だが勢いのまま踏みこんだ父の部屋では、父も、リシャールの姿も見つけることはできず、兵たちの遺体を越えてようやくアーサーが行き着いたのは、中央に玉座が設えられた、王宮でもっとも格式のある広間だった。

そしてそこに、ようやく探していた男の姿を見つけたのだ。

「シャール……！」

扉の隙間から垣間見えた無事な様子に、ホッとすると同時に大きく足を踏み入れる。

が、その瞬間、他の、幾人もの気配を感じ、ふっと身構えた。

慎重にあたりを見まわすと、広間の中には五、六人の男たちと侍女らしき女も数人、控えている。

平然と、ある意味まったく普通の状態で――この場合、普通ではなかった。

何かがおかしい――。

ゴクリと唾を呑み、ようやくその異様な空気に気づく。

男たちは兵士という出《い》で立ちではなく、むしろ王宮の下働きくらいの身なりだったが、それぞれ剣を手にしている。

体格はよく、鍛えられた様子もあって、……なるほど、レイモンが言っていたのはこういう連中なのか、と気づいた。

今夜の決起のために、前々から王宮内に仕事を得て、潜んでいたのだろう。

しかしその中に一人、見覚えのある男を見つけて、アーサーはとまどった。衣装や何かも他の男とは明らかに違い、立派なものだ。

「カイル……？」

ロードベルの世継ぎだ。こんな時間、こんな場所にいていい男ではない。

カイルもリシャールも、きっちりとした服装だった。急襲され、あわてて適当な服を身につけたようでもなく。

一瞬、二人が敵に捕らえられたのかと思ったが、しかし二人の表情にあせった様子はまったくなかった。むしろカイルなどはにやにやと、いかにも意味ありげな、勝ち誇ったような笑みでアーサーを見つめてくる。

「これはこれは…、ノーザンヒールのお世継ぎ殿」

そのことさら慇懃《いんぎん》無礼な呼びかけを無視して、アーサーはリシャールに視線を移した。

何かがおかしかった。緊張が針のように鋭く肌を刺す。

「シャール……？」

「おまえの方から来るとは、手間が省けたな」

問うような呼びかけに、リシャールが淡々と返してきた。感情の消えた顔で、まっすぐにアーサーを見返して。

「どういうことだ……？」

かすれた声で聞きながらも、アーサーにもようやく状況が呑みこめた気がした。

いつの間にか、リシャールとカイルが手を組んでいたということだ。

つまり——リシャールがこの襲撃を手引きしたのだと。

思わず息を吸いこむ。無意識に剣を持つ手を握りしめた。

どうして、などと問いただす必要はなかった。

リシャールやカイルたち「人質」にしてみれば、いつ何時、反乱を起こしてもおかしくはない。とりわけカイルの故国であるロードベルにとって、今回の派兵は大きな意味を持っていたはずだ。

ただ、これほど素早く動けるはずはなかった。——普通ならば。

「自分からのこのこと捕まりにくるとは、とんだマヌケだな！」

カイルがあからさまに嘲った。

しかしアーサーにしてみれば、ついに…、という思いと、止められなかったのか…、という悔しさが身体の奥からにじんできた。

「リシャール…、おまえは……」

呆然と立ち尽くしたまま、かすれた声がこぼれ落ちる。

しかしこれで、これまでアーサーの頭の中でわだかまっていた疑問が、一気に氷解した気がした。

リシャールは……この奇襲の隙を作るために父に近づいたのだと。

おそらくはアレンダール派兵についても、その他のことについても、タイミングを計り、じっくりと裏で糸を引いていたのだろう。そう、シルベニウス大佐を辺境へ飛ばしたことも、王宮の守りを手薄にすると同時に、軍の内部を混乱させ、大佐を慕う若手の兵たちの王への反感を煽ったということだ。

それで軍の内部をかなり再編成することになり、配置換えもあり、慣れない部署へまわされた兵士も多かっただろう。士気も下がったはずだ。

何年も…、長い時間をかけたリシャールの行動の一つ一つに、きっとこの日のための布石があったのだ。

「甘いな…、アーサー。結局おまえは能なしの温室育ちということさ」

カイルが剣を肩に担ぐようにしながら、バカにしたように鼻を鳴らす。

だがそんなカイルの言葉も、なかばアーサーの耳には入っていなかった。

扉のそばで油断なく剣を構えていた男たち——おそらくロードベルかフェルマスの正式な軍人なのだろう——の剣に無言でうながされるまま、アーサーは手にしていた自分の剣を手放した。

そのまま、中央へと押しやられる。

「父は……どうした？」

リシャールの前に立ち、そっと息を吸いこむようにして、低く尋ねた。

おそらく、一緒にいたはずだ。寝所で。

それにリシャールがうっすらと微笑んだ。

ゾッとするほど冷たい笑み――。

視線だけで指示すると、男が一人、隣の部屋へ入って、再び出てきた時にはもう一人、別の男を引きずるようにしていた。

「父上……！」

アーサーは思わず目を見張る。

髪は乱れ、服は下穿きだけを着けたみじめな姿だ。やはりリシャールと同衾《どうきん》していたところを襲われたのか。

「ア…、アーサー……」

震える声で息子を呼んで、探るようにリシャールと見比べる。

いまだ茫然《ぼうぜん》自失といった状態だった。ひどく小さく、よく見知っている威厳ある父親の顔から一気に十歳も老けこんだように見えた。まるで、ただの老人のように。

「リシャール…！　おまえは…っ、よ…よくもこのような裏切りを…っ！」

それでも思い出したように怒りを顔ににじませ、リシャールにつかみかかろうとした動きが、一瞬にして固まる。

リシャールが手にしていた剣をするりと抜き放ち、その切っ先を父の首筋に押し当てたのだ。

「な…何を……？」

さすがに喉をヒクつかせ、父があえぐようにしゃがれた声を押し出した。

薄く皮を切ったようで、剣の先からわずかに血が滴り落ちる。

「何をする気だ…っ？　きさま…、あれほど目をかけてやった恩を忘れたのか…っ！」

父が怒りと恐怖の入り交じった声を絞り出す。

「私が…、悦んであなたに身を任せていたとでも？」

その父を見下ろし、リシャールが冷笑した。

「どうする気だ……？　まさか……」

ガクガクと小刻みに父が震え出す。顔色は紙のように真っ白で、視線に落ち着きはなく、昨日までの自信や尊大さは見る影もない。

見たこともない父の姿だった。

アーサーは凍りついたまま、瞬きもできずに目の前の光景を見つめていた。

ちらっと一瞬、リシャールがアーサーの顔を見る。凍りついた眼差しで。

そして大きく腕を振り上げたかと思うと、次の瞬間、切っ先が父の首筋を深くえぐった。

「――やめろっ！」

反射的に上げた自分の声も、耳に届いてはいなかった。

濁った、地を這うような悲鳴が一瞬、部屋に響き渡り、噴水のように血飛沫《ちしぶき》が上がった。頬に、生温かい血が飛び散ってくる。

「父上…っ！」

アーサーは息もできないまま、ただ呆然と、生命をなくした肉塊が床の血だまりへ崩れ落ちるのを目で追った。

父が惨殺されたこと。手を下したのがリシャールだという事実。

理性がまともに受けつけなかった。

だがすべて、目の前で起こった現実なのだ。

リシャールが気怠そうに空いている片手を上げ、髪をかき上げる。そのリシャールの服にも、身体にも、かなりの返り血を浴びている。

背筋が凍るような、凄惨《せいさん》な美しさだった。

軽く剣を振り、切っ先から滴る血を払って鞘《さや》に収めてから、リシャールは横に立っていた男に手渡した。

「シャール……」

瞬きもできずにじっとそれを見つめながら、無意識にかすれた声がこぼれ落ちていたようだ。

頭の芯が鈍く痺れ、まともに何も考えられなかった。

「さあ…、おまえにはこれから大事な役目がある。実の父親を殺し、王位を簒奪しようとした皇子という、華々しい役目だ」

しかし笑うように、楽しげに口にしたカイルの言葉に、アーサーは思わず目を見張った。

「なんだと…っ？」

父に退位を迫るつもりだった。だがまさか、殺すことを考えていたわけではない。どれだけ敵対していたとしても、実の父親なのだ。

「このところおまえと陛下との関係は冷え切っていたからな。廃嫡されそうになって思いあまって、という図式は、重臣たちにも容易に納得できる。……もっともそんな度胸もない腰抜けだったようだがな」

「きさま……！」

知らず、ザッ…と全身が総毛立つ。

「ここでさっさと始末してしてしまおうぜ。こいつが父親を殺したところを見つけた俺たちが、襲われてこいつを返り討ちにするんだ」

興奮した声を押し殺すようにして、カイルがするりと剣を抜き、切っ先を這わすようにしてアーサーの胸から喉を撫で上げる。

さすがにアーサーの背筋に冷たい汗が流れた。息を殺すようにして、じっとリシャールを見つめる。

「いえ、それはいけません。一度捕らえて牢《ろう》に入れ、取り調べたという体裁をとった方がいいでしょう。その後、自決したことにするのですよ。私たちが手を下すと、いかにも陰謀めいて見える」

しかしこちらを見ることなく、リシャールはさらりと言った。

「なるほど…。まあ確かに、その方がこの国の人間の反感は少なそうだな」

ふむ…、とうなずいて、カイルが顎を撫でる。

そして酷薄な笑みを浮かべてアーサーを眺めた。

「残念だな。おまえの首も落として、門前にでもさらしたらいい見せしめになったものを」

だがそんな言葉もどこか現実味がなく、恐怖を感じない。

リシャールが顔や腕についた血を袖で拭いながら、冷静に言った。

「そんなことをすればあとあとの統治が面倒になるだけですよ。第一、あなたや私の腕で、アーサーとまともにやり合って勝てたなどと、誰が信じますか」

容赦なく指摘され、カイルがおもしろくなさそうに舌打ちする。

「とりあえず、牢へ」

リシャールに無造作に顎で指示されて、男たちが両脇からアーサーの腕をつかむ。

抵抗できる状況ではなく、そのまま、アーサーは王宮の一角にある塔の地下牢へ放りこまれた。もちろん、牢に入るなど初めてのことだ。

信じられなかった。目の前で起こったこと、すべて。

まるで夢の中の出来事のようだった。

……いや。

すえたような臭いと、押し潰されそうな暗闇の中、アーサーは冷たい石の上に腰を下ろして、その現実を身体で認める。そっと息をつく。

知らず、乾いた笑みが口元に浮かんだ。

そう、リシャールが望んで父の愛人となったと思うよりは、確かにこちらの方が信じられる。無理もない。

それほど恨んでいたということだ。

この国や……父や。――自分を。

真っ暗闇の中、アーサーは無意識に胸に手をやった。

服の上から、心臓の上にある小さな硬い感触を確かめる。

幼い日――リシャールからもらった指輪だ。すでにアーサーの指には入らず、ずっとこうして、細い革紐に通して首から提げていたのだ。

……いったいどこで、何が変わってしまったのだろう？

それともこれが、あらがえない運命だったのだろうか？

それともただ――自分の罪を償う時が来ただけなのだろうか……。

牢へ放りこまれて、どのくらいの日数がたったのだろう。陽の光も差しこまない中では、時間の感覚が狂う。

日に一度、粗末な食事と水だけは与えられるものの、何も言ってこないところをみると、まだ自分の身の振り方は決められていないようだった。

父王殺しの汚名を着せられたまま、ずっと囚人として地下牢で朽ち果てるのか、あるいは正式に処刑されるのか。毒でも盛られるのか。

何度か遠く、厚い壁の向こうから犬の鳴き声が聞こえてきて、スクルドだろうか…、とぼんやりと思う。心配してくれているのかもしれないと思うと、少し心が慰められる。

覚悟はできていた。ただもう一度、リシャールと話したかった。

この日——おそらく真夜中は過ぎていただろう、半分眠ったように目を閉じていたアーサーは、かすかな足音にふっとまぶたを押し上げた。

もともと寝る以外にすることのない牢の中だ。どんな時間でも熟睡できるわけでなく、神経は研ぎ澄まされている。

この日の食事はすでに終わっており、見張りは石段の上の入り口にいるだけで、下に降りてくることはほとんどない。

壁にもたれたまま身じろぎもせず、ただ目を開けて、アーサーは漆黒の闇の中で鉄格子の向こうを凝視する。

おそらくアーサーが過敏になっていたのは、その足音に、だったのだろう。

聞き覚えのあるものに似ていた。

徐々に足音は近づいてきて、やがてぼんやりとした丸い明かりが石段の奥に見える。

そして、明かりを手にした男が牢の前に立った。

フードのついたマントを羽織り、黒い影にしか見えない。——だが。

「シャール……？」

アーサーは無意識に、つぶやくように口にした——。

◇ ◇

時間をかけないことが肝要だった。混乱している間に大勢《たいせい》が決する。

王宮内に潜ませていたフェルマスの手の者たちは、総勢で二十名ほど。少ない人数だが、選りすぐられた精鋭たちだ。それぞれが事前の打ち合わせ通り、いくつかの組に分かれて的確に行動した。

王の寝所へ向かう者、武器庫を押さえる者、衛兵たちの反撃を防ぐ者。

ただし衛兵たちの食事や酒には、この日の夜、手当たり次第にたっぷりと睡眠薬を混ぜていたので、ことが起こった時に動けた者はさほど多くはなかっただろう。

そして城外へ逃げる者については、あえて追わなかった。襲撃の人数がもっと多いと誤認させるためにあちこちでかがり火を焚《た》き、追い立てるような声を上げてはいたが。むしろ、外へ追い出すようにしていた。

王宮内でのその動きと合わせて、密かに王都へ侵攻させていたロードベルの軍が各所で警備兵の動きを封じこめ、都を包囲した。

王都に残っていた兵たちにとっても、あまりに突然のことで何が起こっているのか、どう動いていいのかもわからなかっただろう。

しかも王宮へ指示を仰ごうにも、そちらはさらに混乱している。

状況がわからないままに一夜が明け、王の死と、反逆者としてアーサーが捕らえられたことが告知された。さらに、ルースは行方知れず、と。

国民にとっては、ノーザンヒールに富と繁栄をもたらした敬愛される王だけに、世継ぎの皇子に殺されたという「事実」は、さすがに衝撃が大きかったようだ。

しかし、すでにどう動きようもないというのが現実だった。他国の兵が多く入りこんでいる、という信じられない状況にも、ただ身をすくませて、この先どうなるのかを祈りながら待つしかない。

王の死とともに、王都がロードベルの軍に制圧されたことについては、暫定的《ざんていてき》に治安を守るため、とカイルが宣言していた。

王と世継ぎ、そしてもう一人の皇子までも消えたのだ。誰かが指揮を執らなければならない。

カイルはそれに名乗りを上げたわけだ。――ユリアナ皇女の婚約者として。

もちろん重臣たちには寝耳に水の話だろうが、亡くなった王からはユリアナ皇女との婚姻を許されていた、とうそぶいたカイルは、ことが起こる寸前に皇女を静養先から王宮へと強引に連れもどし、離宮の一つに軟禁していた。それもリシャールの策だったが。

カイルは王がアレンダールへ派兵した際、入れ違いに手薄になった王宮警備のため、故国のロードベルから兵が派遣されていたのだ、という説明をしていた。

あまりにタイミングがよすぎ、王がロードベルにそんな依頼をするはずもなく、疑う者は当然、多かったわけだが、何とでも口実はつけられる。真実はともかく、それを信じる方が利口だと多くの者はわかっている。自分の命と、利益を守るためには。

実際、実権を握ったカイルに、ほとんどの官吏たちはおとなしく従った。

軍の一部には反発する者もいたが、現在主力の部隊はアレンダールへ派兵されており、それにともなって各地の反乱を警戒し、国境沿いへも分散して兵を送っていたため、王都に残っている者は少なかった。通常の王都の警備兵くらいで、混乱した中でまともに抵抗する余裕もなかった、というところだ。


いずれにせよ、他に従うべき相手がいない。急逝した王の独裁といっていい体制だったために、王がいなくなった時、すぐに動ける人間が少ないのだ。そして跡を継ぐべき皇子たちがいなくなった以上、残った皇女の婚約者という肩書きはやはり強い。

いずれ皇女が女王として立つにしても、今は衝撃で寝こんでいる皇女に一任されている、と言われれば反論するのは難しかった。

カイルは人質だった他国の皇子たちをいったんそれぞれの国へ返し、寛容さを示してみせるとともに、皇女の未来の夫――つまり新しいノーザンヒールの王に協力するかどうか、期限を切ってその返答を持ってこさせるようにした。

そしてリシャールは、その暫定政権の中でノーザンヒール国内の治安維持の責任者に指名されていた。
死んだ王の愛人だった男を、という驚きと不審、さっさと王を裏切ってカイルへ寝返ったのだ——、というさらなる蔑みや憎悪が、残った廷臣たちの中には渦巻いていたはずだ。しかし長く王の下で補佐を務めていたリシャール以上に、新しい体制のもとで混乱を収められる人間がいないのも事実だった。

当然、国内では反発も見られ、それらを怒濤《どとう》の勢いで抑えこみながらノーザンヒールの実効支配を進めていく中で、襲撃から五日ほどが過ぎた頃、リシャールは真夜中過ぎに一人、そっと地下牢へと下りていった。

ここの見張りはノーザンヒールの兵ではなく、カイルが自国のロードベルから連れてきた人間を置いている。だがそれも今はニナがうまく気を引き、他のフェルマスの兵に交代させていた。

ここに来ることを、カイルに知られるわけにはいかない。

「リシャール……？」

しかし闇の奥から呼びかけられた時には、さすがに驚いた。

ただでさえ地下な上、真夜中の静けさの中で足音は響く。誰かが来たことに気づくのは当然としても、足元を照らすくらいの小さな明かりの中で、こちらの顔が見えたとは思えない。しかもフードの中の。

小さく息をついて、リシャールはそっと、中のアーサーの顔を確かめるように手にしていたカンテラを掲げた。

だがそれは同時に、自分の顔もはっきりと相手に映し出して見せたことにもなる。

「よく…、わかったな」

リシャールは静かに口にした。

「おまえの足音くらいはな」

それに軽い調子でアーサーが返してくる。かつての友人同士の口調で。

明日をも知れないこんな状況で、たいしたものだった。

あるいは、すでに開き直っているのだろうか。

ぼんやりとした明かりの中で、アーサーが壁際に腰を下ろしているのがわかる。

さすがに少し、痩《や》せたようだった。輪郭が削げ落ち、いつにない無精髭も見える。髪もボサボサだ。

それでも絶望しているようでも、自暴自棄になっているようでもなく、ある意味、いつもと変わらない、落ち着いた様子だった。

そしてアーサーはまっすぐにリシャールの顔を見て、大きく笑ってみせた。

ドクッ、と大きく心臓が鳴る。

覚えのある…、これまでと変わらない、屈託のない笑み——。

ギュッと胸がつかまれるようで、リシャールは無意識に胸に手を押し当てた。

父を殺した男に、自分の国を、未来を奪った男に、そして自分を殺しにきたのかもしれない男に……なぜ、こんなふうに笑えるのか、不思議だった。

だが同時に、それがアーサーという男なのだ、という気もする。

自分の知っている——知っていたリシャールに対して、まっすぐに向き合おうとしている。

「会えてよかった。二度とおまえの顔を見られずに死ぬのかと思っていたからな」

ホッとしたような、穏やかな声。

ゆっくりと立ち上がり、アーサーが近づいてきた。手を伸ばせば、すぐ届くほどのところに。

だが、間にある鉄格子がひどく距離を感じさせる。

おたがいの息遣いも聞こえるような静けさの中、激しい心臓の鼓動が耳に反響するようだった。

じっと、刻みこむようにアーサーが見つめてくる。そして穏やかに尋ねた。

「俺の処刑が決まったのか？」

覚悟をしている、ということだろうか。

「処刑ではなく、自決してもらった方がありがたいが」

強いて感情を殺して答えたリシャールに、なるほど、というようにアーサーが小さくうなずく。軽く顎を撫でた。

「俺が父を殺したことになっているんだったな…。だが、そんなことを信じる者がいるとは思えないが」

穏やかな——自信だった。

もちろん、アーサーを知る者ならそうだろう。

「事実は問題ではない。結局のところ、歴史は勝者のものだ。真実もな」

「そうだな…」

皮肉めいた笑みで、アーサーがうなずく。

「実際にどうであれ、王は民衆にとって英雄だったはずだ。ノーザンヒールの国民にとっては、豊かでよい治世だった。その父親を、おまえは自分の野心のために暗殺した。混乱もしているだろうが、おまえの名声も地に墜《お》ちたというわけだ」

「俺の名声などはどうでもいいが…、確かに事実は見る者によって変わる」

つぶやくように言ってから、静かに尋ねてきた。

「俺が王になったら…、と、昔話したことがあったな。覚えているか？」

「覚えている」

リシャールはわずかに目を伏せた。

忘れるはずもなかった。それを……ずっと夢見ていたのだ。それがリシャールにとっての、たった一つの希望だった。

アーサーがノーザンヒールの王になれば。

この国は変わっただろう。重臣たちの反対を押し切って支配下に置いた領地をもとの国に返し、人質を解放し、同盟国とも新しい、対等な関係を築いただろう。

犠牲を出すことなく……血を流すことなく、それができれば、一番いいはずだった。

現実を知らない子供の描く、単なる夢——だったとしても。

「それまで待てなかったということか？」

「陛下はおまえを廃嫡しただろうからな」

おそらく……リシャールとのことがなかったにしても。

「俺はあの父にとって都合のいい息子ではなかったからな。俺にしても…、父には退位を迫るつもりでいた。力ずくでもな」

「優等生のおまえらしくないやり方だ」

リシャールは薄く微笑んだ。

アーサーの動きは、ニナたち、宮廷内に放っていた密偵たちの報告で薄々は察していた。

だから、その前に動いたのだ。

アーサーを、王位簒奪者にするわけにはいかなかった。むしろ、逆でなければならない。

陥れられ、それでも苦難を越えて這い上がり、故国を守る英雄であればこそ、民衆はアーサーに従う。軍は統括しやすく、あとの治世がやりやすくなる——。

リシャールはこっそりと息を吸いこんだ。

そんな揶揄《やゆ》するようなリシャールの言葉に、アーサーが小さく肩をすくめる。

「少しは父のやり方も真似てみようと思ってな」

そして小さく唇をなめ、まっすぐにリシャールを見つめて、固い声が確かめた。

「一つ、聞かせてくれ。父は…、おまえの身体を無理やり奪ったのか？」

「私に拒む選択肢がなかったのは確かだな」

淡々と答えたリシャールを見つめ、アーサーが大きく息を吸いこむ。

——そして。

「なぜ……、俺に言わなかった…っ！」

振り絞るような声だった。耳に痛いほど、牢の中に大きく反響する。

激しく揺するようにして、アーサーが両手で鉄格子をつかんだ。にらむようにリシャールを見つめてくる。

「言えばどうにかなったか？」

あえて冷笑するように、リシャールは鼻を鳴らした。そしてスッ…と手を伸ばし、指先でアーサーの顔に……目の下の小さな傷痕に触れる。

もう五年も前の傷は、今も消えずに残っていた。それだけ深かったということだ。

指先に触れる熱に、身体の奥からこみ上げてくる何かを必死に抑える。

「おまえの…、この傷の代償だった」

静かに言った言葉に、アーサーが目を見開いた。

「俺の……、せいか……？」

愕然としたように、かすれた声でつぶやく。

「おまえが妹を助けてくれたことには感謝している。たとえ…、私の身体と引き替えだったとしてもな」

「代償にするようなことではない…！」

「きれいごとだな」

あえて嘲笑するように、リシャールは言い放った。

「おまえも私の身体を楽しんだだろう？」

鋭い刃物のような言葉に、アーサーが息を吸いこむ。そして絞り出すように言った。

「そうだ。おまえには…、俺を裁く権利がある」

いったん目を伏せ、そして泣きそうな、微笑むような顔でじっと見つめてくる。

「エリー…、俺はおまえが欲しかった」

「欲情したのだろう？　別におかしなことではない。いきなりあんな場面を見せられたらな」

リシャールは冷笑する。

「俺は過ちを犯した。あの時、俺は……、すべてを捨てても、父からおまえを奪うべきだった」

まっすぐな言葉に、リシャールは一瞬、息をつめた。

「今も、おまえが欲しい」

ドクッ…、と痛いように心臓が鳴る。心が震える。まぶたが焼けるように熱くなる。

泣きたいようにうれしかった。その言葉が、同情か、あるいは贖罪だったにしても。

それでも、リシャールはけたたましく笑ってみせた。

「今さら私の身体が欲しいのか？　さんざんおまえの父親にもてあそばれた身体が？」

「エリー…！」

いさめるようにアーサーが声を上げる。

反射的に、鉄格子の間から伸びた手がリシャールの腕をつかもうとしたが、リシャールは一歩、退いてそれをよける。アーサーの指が虚《むな》しく空をつかんだ。

「エリー、おまえを愛している」

じっとリシャールを見つめたまま、振り絞るようにアーサーが言った。

まっすぐな瞳。

胸が……痛かった。心臓が苦しかった。壊れそうだった。

それが本当なら、どれだけうれしかっただろう。

体中から噴き出しそうな思いをこらえて、リシャールは高く笑った。

「父親を殺した男をか？　愚かで…、哀れな男だな、おまえは。アーサー」

そしてぴしゃりとたたき返す。

「それとも、そう言えば命が助かるとでも？」

「俺の罪はわかっている。……償う方法はないのか？」

アーサーの強い眼差しがリシャールをとらえた。

リシャールはそれにそっと首を振って答える。

「アーサー、歴史は動いたのだ。もう引き返すことはできない」

そして、嘲笑するように言い捨てた。

「私が欲しければ、おまえの失ったこの国ごと、奪い返してみればいい」

「エリー…？」

そんな挑発に、アーサーがいくぶんとまどったように、探るようにリシャールを見つめてくる。

「やってみろ。おまえに……その力があるのならな」

アーサーが脱獄したのは、それから三日後のことだった。

手引きをしたのは、おそらくレイモンだろう。もちろん彼が、手をこまねいてアーサーの死を待っているはずもなかった。

アーサーが地下牢に入れられているという噂はこの頃にはかなり広まっていて、奪還する動きは迫っていた。

なにしろこの王宮には、かつてアーサーに仕えていた者たちもまだ数多く残っている。

新しい権力者の支配下にあったとしても、その監視の目をかすめて奪還の手助けをしようと思う者は多かったはずだ。もちろん、アーサーが父王を殺したなどと、まったく信じていない者たちだ。

「だからさっさと処刑しておけばよかったんだ…！」

脱獄の報を受けた時、カイルはいらだったようにわめいていたが、リシャールはあえてどうでもいいことのように受け流した。

「今さらアーサー一人が逃げたからといってどうだというんです？　まさか…、アーサーの反撃を恐れているんですか？」

そんなふうに挑発すると、カイルは、まさか、と、ことさら肩をそびやかすようにして笑い飛ばした。

「面倒なことにならなければいいと思うだけだ。残党どもは多いからな」

「父王を殺した反逆者として、見つけ次第殺せばすむことですよ。ヘタな理由をつける必要はない。そんなことより、早く残りの地域の制圧を進めたいですね」

リシャールはこだわらない様子を見せたが、やはりカイルは気になるらしく、自軍の兵士たちに追《つい》捕《ぶ》をかけさせていた。

それでも、王宮にも都にもアーサーを慕う者たちが多かったせいだろう。うまく追っ手をかわし、いったん王都を離れたようだ。

アーサーの消息は完全に途絶えた。

そんな報告にリシャールはそっと目を閉じた。

よかった……、と思う。

アーサーはきっと無事に生き延びる。あの男には、まわりに助けとなる人間が多くいる。

彼を慕い、信じ、命を賭けてくれる者たちが。

そして次に会う時は、おそらく――。

下巻へ続く

「光と影の王」索引

アーサー・アマディアス・ランドール

ノーザンヒール王国の第一皇子で、世継ぎの王太子。

リシャール・エルティア・メイレイン（エリー）

フェルマスの世継ぎ。ノーザンヒールに人質として滞在している皇子の一人。
のちに、ローゼンベリー侯爵を名乗る。

オーガスティン・ネルバ・ランドール

ノーザンヒール王国の国王。アーサーの父。

マヌエル・シルベニウス

ノーザンヒールのたたき上げの軍人、大佐。アーサーの剣の師匠。

レイモン・アルバック

ノーザンヒールの貴族の子弟。アーサーの側近であり、親友。

ルース

アーサーの弟皇子。

ユリアナ

アーサーの妹皇女。

カイル・ファンネル

ロードベルの世継ぎ。ノーザンヒールに人質として滞在している皇子たちの一人。

スクルド

リシャールの飼い犬。主に忠実だが、アーサーにも懐いている。

ジュリアス

リシャールの従兄弟。フェルマスの王族の一人。

フローリン

リシャールの妹皇女。

ニナ

リシャールの侍女で、密偵。

「光と影の王」索引

ニアージュ地方

北の大海と南の山脈に挟まれた、大陸の北方一帯の地域。かつて大小の王国が乱立しており、30年前に「同盟軍」と「連合軍」に分かれての大きな戦いがあった

ノーザンヒール

ニアージュ地方のある王国の一つ。30年前の戦いで勝利した「同盟軍」の中心国で、現在もっとも勢力がある大国。

フェルマス

ノーザンヒールの隣国で、リシャールの故国。旧同盟軍だが、冷遇されている小国の一つ。

ニブルー

元はフェルマスの一地方で葡萄酒の名産地。ノーザンヒールに併合された。

ロードベル

ニアージュ地方の東に位置する王国。カイルの故国。
旧同盟軍の一つで、現在はノーザンヒールに次ぐ国力がある。

アレンダール

旧連合軍の中心となった東の王国で、敗戦し、現在は国としては消滅している。

領土は旧同盟軍の国々で分割され、大半はロードベルの領地となったが、ノーザンヒールの直轄領になる飛び地もある。

LYNX ROMANCE

小説原稿募集

リンクスロマンスではオリジナル作品の原稿を随時募集いたします。

募集作品

リンクスロマンスの読者を対象にした商業誌未発表のオリジナル作品。
（商業誌未発表のオリジナル作品であれば、同人誌・サイト発表作も受付可）

募集要項

＜応募資格＞

年齢・性別・プロ・アマ問いません。

＜原稿枚数＞

４５文字 ×１７行（１枚）の縦書き原稿、２００枚以上２４０枚以内。
※印刷形式は自由。ただしＡ４用紙を使用のこと。
※手書き、感熱紙不可。
※原稿には必ずノンブル（通し番号）を入れてください。

＜応募上の注意＞

◆原稿の１枚目には、作品のタイトル、ペンネーム、住所、氏名、年齢、電話番号、メールアドレス、投稿（掲載）歴を添付してください。
◆２枚目には、作品のあらすじ（４００字～８００字程度）を添付してください。
◆未完の作品（続きものなど）、他誌との二重投稿作品は受付不可です。
◆原稿は返却いたしませんので、必要な方はコピー等の控えをお取りください。
◆１作品につき、ひとつの封筒でご応募ください。

＜採用のお知らせ＞

◆採用の場合のみ、原稿到着後６カ月以内に編集部よりご連絡いたします。
◆優れた作品は、リンクスロマンスより発行させていただきます。
原稿料は、当社既定の印税でのお支払いになります。
◆選考に関するお電話やメールでのお問い合わせはご遠慮ください。

宛先

〒151-0051
東京都渋谷区千駄ヶ谷４−９−７
株式会社　幻冬舎コミックス
「リンクスロマンス　小説原稿募集」係

LYNX ROMANCE

イラストレーター募集

リンクスロマンスでは、イラストレーターを随時募集いたします。

リンクスロマンスから任意の作品を選び、作品に合わせた
模写ではないオリジナルのイラスト（下記各1点以上）を描いてご応募ください。
モノクロイラストは、新書の挿絵箇所以外でも構いませんので、
好きなシーンを選んで描いてください。

1 表紙用 カラーイラスト

2 モノクロイラスト（人物全身・背景の入ったもの）

3 モノクロイラスト（人物アップ）

4 モノクロイラスト（キス・Hシーン）

募集要項

＜応募資格＞

年齢・性別・プロ・アマ問いません。

＜原稿のサイズおよび形式＞

◆Ａ４またはＢ４サイズの市販の原稿用紙を使用してください。
◆データ原稿の場合は、Photoshop（Ver.5.0 以降）形式でＣＤ－Ｒに保存し、
出力見本をつけてご応募ください。

＜応募上の注意＞

◆応募イラストの元としたリンクスロマンスのタイトル、
あなたの住所、氏名、ペンネーム、年齢、電話番号、メールアドレス、
投稿歴、受賞歴を記載した紙を添付してください（書式自由）。
◆作品返却を希望する場合は、応募封筒の表に「返却希望」と明記し、
返却希望先の住所・氏名を記入して
返送分の切手を貼った返信用封筒を同封してください。

＜採用のお知らせ＞

◆採用の場合のみ、６カ月以内に編集部よりご連絡いたします。
◆選考に関するお電話やメールでのお問い合わせはご遠慮ください。

宛先

〒151-0051 東京都渋谷区千駄ヶ谷 4−9−7
株式会社　幻冬舎コミックス
「リンクスロマンス　イラストレーター募集」係

この本を読んでの
ご意見・ご感想を
お寄せ下さい。

〒151-0051
東京都渋谷区千駄ヶ谷4-9-7
(株)幻冬舎コミックス　リンクス編集部
「水《みな》壬《み》楓《ふう》子《こ》先生」係／「北《きた》沢《ざわ》きょう先生」係

リンクス ロマンス

光と影の王 上 運命の代償

2023年11月30日　第1刷発行

著者……………水《みな》壬《み》楓《ふう》子《こ》
発行人…………石原正康
発行元…………株式会社　幻冬舎コミックス
〒151-0051　東京都渋谷区千駄ヶ谷4-9-7
TEL 03-5411-6431（編集）
発売元…………株式会社　幻冬舎
〒151-0051　東京都渋谷区千駄ヶ谷4-9-7
TEL 03-5411-6222（営業）
振替00120-8-767643
印刷・製本所…株式会社　光邦
検印廃止

ISBN978-4-344-85334-8 C0293
Printed in Japan

幻冬舎コミックスホームページ　https://www.gentosha-comics.net